龍姫布倫希爾德

東崎惟子

[插畫] あおあそ

BRUNHILD

THE DRAGON PRINCESS

A strange and cruel fate of Brunhild.
She served the guardian dragon,
and discovered its darkest secret.

Kadokawa Fantastic Novels

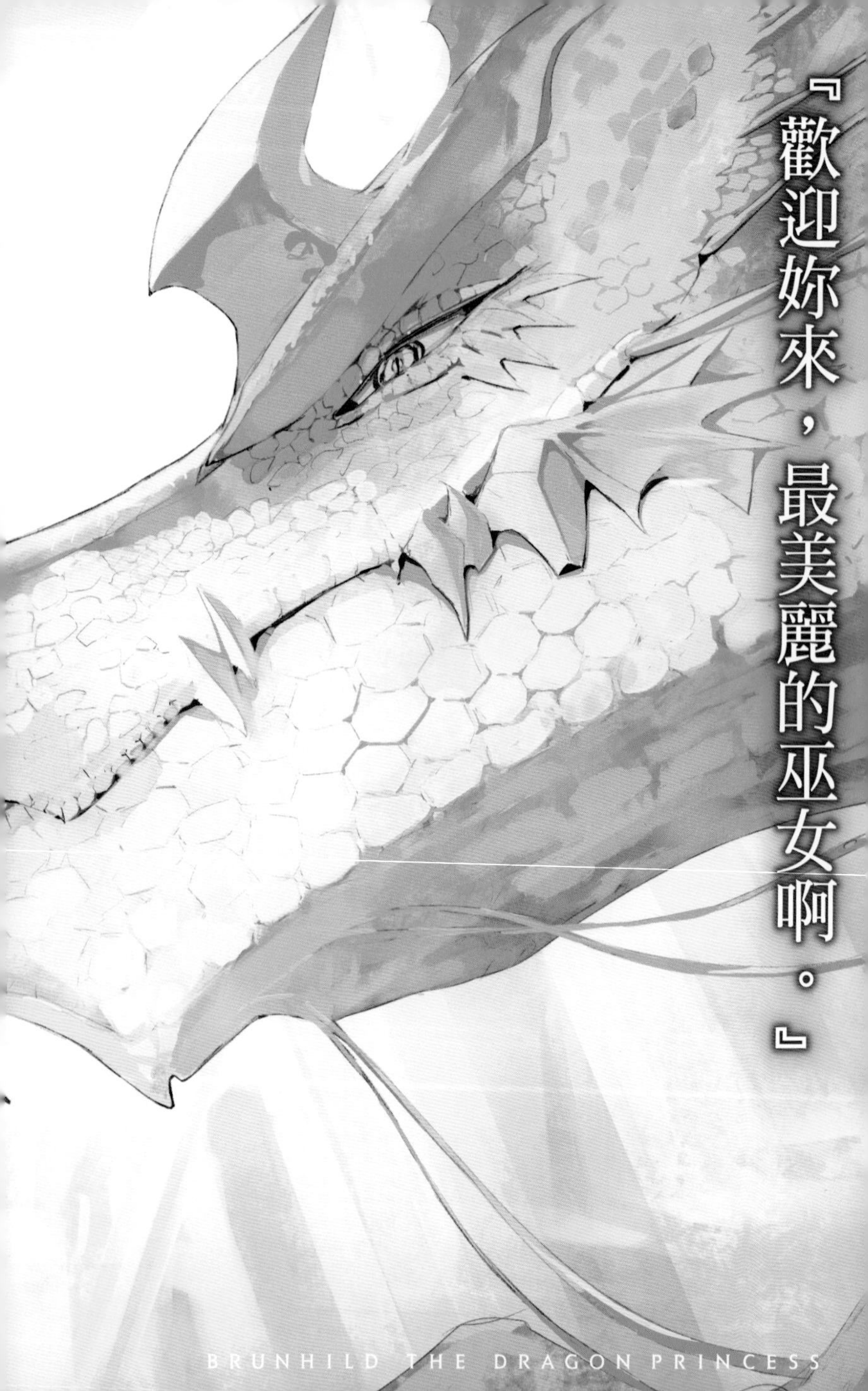
『歡迎妳來，最美麗的巫女啊。』
BRUNHILD THE DRAGON PRINCESS

『為了感謝您守護我們，
我一如既往地帶了貢品前來。』

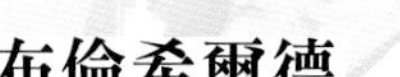

布倫希爾德

身為「龍巫女」，負責侍奉守護王國的神龍。忠於貴族階級的義務，樂於對弱者伸出援手，是個正義感強烈的少女。

法夫納

布倫希爾德的隨從，善於謀略。雖然是王國最低賤的階級出身，卻在遭遇困境時被布倫希爾德所救，受到她的僱用。

BRUNHILD THE DRAGON PRINCESS

史芬

西格魯德的隨從，運用長槍的技巧號稱王國第一。篤信神龍，但對主人西格魯德更加忠心，是個虔誠的騎士。

西格魯德

諾威爾蘭特王國的王子，對國民充滿責任感。很尊敬且珍惜從小一起長大的布倫希爾德。

啊啊，原來如此……

布倫希爾德心想。

——我之所以成為龍巫女，
一定就是為了這一刻。

BRUNHILD THE DRAGON PRINCESS

CONTENTS

龍姫布倫希爾德

東崎惟子

[插畫]あおあそ

A strange and cruel fate of Brunhild.
She served the guardian dragon,
and discovered its darkest secret.

Kadokawa
Fantastic Novels

序章

耳朵只聽得見雨聲。

一名年輕男子如垃圾般倒臥在小巷裡。

實際上，這個男人就是垃圾。

男人並沒有為他人著想的心。或許是因為出生在相信他人就會喪命的環境裡，男人並沒有培養出能夠同理他人痛苦的能力。

或許正因為如此，男人相當善於欺騙並陷害他人。因為他內心的缺陷恰好適合謀略。

男人開始學會欺騙、利用，以及殺害他人維生。他以謀殺與暗殺為業，賺來不少財富。

而現在，他受到了報應。

男人早就明白，這一天遲早會來臨。

陷害他人者，總有一天會遭到陷害。因為明白這個道理，男人儘量不與他人交流，一直過著處處提防的生活。即使如此，無可避免的報應仍然找上了他。

男人的背部遭到砍傷，湧出的鮮血混合著雨水，在地面上擴散。

現在應該是冬天。寒冬的雨水應該就跟冰一樣冷。

不過，他已經感受不到寒冷。

眼睛也漸漸無法凝聚影像。

模糊的視野最後看見的，是一名從遠處奔來的黑髮少女。

失去意識之前，一股微微的甜蜜香氣混入了雨水的氣味裡。

甦醒的男人發現自己身在某棟宅邸的其中一個房間。

這個房間比自己過去任何一個據點都還要華美。男人躺在潔淨的床鋪上，蓋在身上的毛毯也非常厚實，一眼就能看出價格不便宜。房間很溫暖，暖爐還傳出柴火爆裂的聲音。

不知為何，自己似乎得救了。

男人試圖坐起上半身，卻感受到強烈的痛楚，於是只好轉動頭部來掌握狀況。

眼前有一名少女。

年齡大約是九歲左右，身上穿著貴族的洋裝。

她正是被雨水打溼的男人在模糊的視野中看見的少女。

少女坐在床邊的椅子上睡著了。

這時，男人發現自己的手正觸碰著某種溫暖的東西。

仔細一看，少女的雙手就放在男人的手上。雖然睡著了，少女卻輕輕握著男人的手。

就像要分享自己的溫暖。

少女的手遠比男人的體溫更炙熱。

（……真噁心。）

男人甩開她的手。

因為手被甩開，少女醒了過來。

她先是以睡傻的表情搖了搖頭，一發現男人已經清醒，那雙大眼睛便立刻瞪大。

「太好了！你醒了呀。」

看見男人甦醒，少女就像自己遇見好事一樣開心。

「我的名字叫做布倫希爾德。啊，對了。既然你醒了，我得叫醫生過來才行。」

少女匆匆忙忙地跑出房間。

（布倫希爾德……）

男人知道這個名字。

在這個王國，有一個地位接近王室的巫女家族。

那個家族的女兒應該就叫做布倫希爾德。

原來如此。假如她真的是布倫希爾德，也難怪男人所在的房間會有各種高級家具了。

布倫希爾德帶了一名醫師回來。醫師診斷男人的狀態，便吩咐他靜養三個月。他能保住性命似乎是奇蹟。

醫師離開之後，少女用笨拙的方式努力說明男人的狀況。男人這才終於理解事情的來龍去脈。

自己被這個女孩救了一命。

當時布倫希爾德搭乘的馬車經過男人倒臥的巷子附近。望著窗外的布倫希爾德碰巧發現了倒臥在地的男人。

「要不是有我救你，你早就死掉了。」

布倫希爾德挺起小小的胸膛。

她是個善良的女孩。對於救助這個男人的事，少女的母親說：「別管那種卑賤的人。」表示反對。不過，布倫希爾德說：「我不能對受傷的人見死不救。」不顧母親的反對，救了男人。

自己應該要感謝她，然而內心反而冒起一股無名火。

（所以我是因為有錢人的一時興起才撿回一命啊……）

這個男人並非沒有情緒。他明明欠缺體貼的心，卻經常萌生負面感情。

而且很討厭善人。

「我跟母親大人約好，會負起責任照顧你。母親大人很無情，說我如果不能自己照顧，就不能隨便撿別人回家。」

她的口氣就像撿到了一隻流浪狗。雖然男人並沒有因此感到不悅，卻也沒有回應少女。他不打算與少女有所交流。

不過，少女可能誤會了什麼，自認體貼地這麼說：

「你吃過飯之後，就會有力氣說話了。」

少女開始準備餐點。她吩咐傭人烹調蔬菜湯與燉得十分軟爛的肉類料理。少女用湯匙舀起食物，送到男人嘴邊。男人因為無法正常行動，只好接受她的餵食。

布倫希爾德用嬌小的身體勤奮地照顧男人。

「善待人民就是巫女的職責。畢竟我長大之後，也會成為巫女。」

男人原以為她很快就會厭倦，但少女每天都會照顧男人。到了晚上，她會筋疲力盡地睡在同一個房間的沙發上。「一個人睡覺很可怕吧？我小時候也是這樣。」

一天又一天，少女憑著一副嬌小的身軀，不厭其煩地照顧男人。

多虧如此，男人漸漸恢復了體力。

「你至少也該說聲謝謝吧？」

少女說的很有道理。

不過，男人心中仍然沒有一絲對少女的謝意。

從來沒有人教他怎麼說「謝謝」。

他知道這句話的意思。所謂的「謝謝」就代表粗心大意。對生長在惡劣環境的他來說，粗心大意就等於死亡。

男人別說是感謝了，甚至開始盤算該如何利用布倫希爾德。

男人過去一直生活在王國的黑社會，而且因為遭人背叛而差點喪命。假如背叛他的人知道他還活著，對方可能還會再來取他的性命。

然而，待在這個家就安全了。

布倫希爾德是巫女的女兒。巫女是唯一能從守護這個國家的神龍那裡獲得神諭的人物。這個家族的地位很高，黑社會的人恐怕很難對這棟宅邸出手。男人開始擬定計畫，試圖儘量延長留在這棟宅邸的時間。

不過，根本沒有那個必要。

「我問你，你要不要當我的隨從？」

布倫希爾德主動提出這個要求。

她會這麼說是有理由的。因為她的母親已經開始要求將男人趕出去了。雖然男人漸漸恢復體力了，仍舊無法自由活動。所以，她才想讓男人成為自己的隨從，藉此保住男人的容身之處。

（真是個蠢女孩。）

男人雖然這麼想，當然沒有理由錯過這個機會。

男人點頭表示同意。

「太好了！那麼從今天開始，你就是我的隨從了。」

布倫希爾德的雙眼閃閃發光。其實，她的心裡藏著另一個純真的動機。

男人無從得知，布倫希爾德早就想要一個自己專屬的隨從了。她一直很羨慕自己的兒時玩伴能有專屬的隨從隨侍在側。那個兒時玩伴與隨從的感情就像知心朋友一樣好。

布倫希爾德也想要有一個這樣的隨從。

「既然是隨從，我就得知道你的名字才行呢。」

男人不打算與她培養交情。不過，現在少女的說法也有幾分道理。

「……法夫納。」

這就是男人的名字。

但不是本名。這是人們給他這名暗殺者的蔑稱。

源自於神話中的邪龍。

漸漸地，法夫納已經可以下床了。儘管必須拄枴杖，他已經能夠自行走動了。

不過，他的傷並沒有澈底痊癒。

因為舊傷的關係，法夫納再也無法運動。部分的身體就像人偶一樣動也不動，更別說要戰鬥了。他已經不可能重拾過去的工作。

可是，法夫納認為這樣也無所謂。他原本就不是因為喜歡才從事骯髒的工作，只不過是為了生存而別無選擇罷了。

現在的他有隨從這份工作。只要有這份職務在身，他的食衣住行就能得到保障。這樣的待遇就足夠了，所以法夫納十分盡職地做著隨從的工作。

在擔任隨從的期間，他注意到一件事。

那就是布倫希爾德是個無可救藥的濫好人。

宅邸內除了法夫納以外，還有其他曾受她幫助的人們。

布倫希爾德只要看到街上有挨餓的人，就會分享麵包給他們；只要有人倒在路上，不論對方的打扮有多麼骯髒，她都會扶起對方，就算弄髒自己的衣服也不介意。

男人用眺望遠景的目光，看著那副燦爛的身影。

這女孩跟自己是不同世界的生物。

法夫納身為隨從，同時也兼任布倫希爾德的家庭教師。

他擁有豐富的知識，精通歷史學、宗教學、帝王學、軍事學、政治學、生物學等各式各樣的學問，對藥學的理解更是超乎常人。他甚至懂得馬術。

每次接受他的指導，布倫希爾德總是很驚訝。

「你到底是從哪間學院畢業的？」

「我是自學。」

這些知識並非來自學院。他曾經假冒身分，為了接近暗殺目標而學習知識。雖然是源自於邪惡的動機，他對知識的理解並不輸學者。

法夫納彷彿無所不知。

不過，布倫希爾德對他說：

「你明明懂得很多困難的知識，卻不懂一個簡單的道理呢。」

「這話怎麼說？」

「你沒有喜歡過人吧？」

小孩子這種生物，偶爾能發揮超越大人的觀察力。少女應該是想與隨從建立友好的關係，因而察覺到他所築起的隱形高牆吧。

「沒有。那種事與我無緣。」男人淡淡地回答。

「是喔……」

布倫希爾德低語：

「那樣很寂寞呢。」

這句話只是小孩子的童言童語，不可能有什麼深遠的意圖，卻直指法夫納的核心。

無法喜歡上他人。

這是非常寂寞的事——

「是的，但同時也是一種錯誤。」

自從懂事以來，他就是這樣的個性。

他出生在王國最底層，稱為奧塔托斯的階級，不得不過著貧困生活的處境想必對他的人格造成了很大的影響。然而，理由不只如此。縱使身分低賤，縱使生活在黑社會，還是有許多人能夠喜歡上他人。

為何自己無法喜歡上他人呢？

每次思考這個問題，他就會想起妹妹。

想起妹妹去世的時候。

她死於這個王國特有的儀式。

當時母親依然健在。母親哭了。因為她愛著自己的女兒。

可是，男人——當時還是個少年——並沒有哭泣。

再怎麼後悔，死去的人也不會復生。他認為自己能做的，就是透過妹妹的死，學習如何不受儀式牽連。他對母親這麼表達了自己的想法。

母親說：

「你的心有缺陷。」

母親接著又說：

「自己的妹妹死了，你卻連眼淚都流不出來。你難道不傷心嗎？」

少年一點也不難過。

別說是落淚了，他的眼眶甚至沒有一點溼潤的跡象。內心也沒有湧現任何情感。胸口並沒有心痛或是苦悶的感覺。

不過，若要問他是否討厭妹妹，倒也不是如此。他與妹妹的感情至少不算差。他反而希望妹妹能脫離低賤的身分，抓住平凡人的幸福。

所以，少年自己也不明白。

為何自己無法流淚，也無法感到悲傷。

母親流著淚水悲傷地說：

「你得改掉這個毛病。」

這句話讓少年理解了。

自己沒有人性，是個不正常的人。

一定是這樣沒錯。既然能夠流淚、懂得悲傷的人都這麼說了，那麼肯定沒錯。

關愛他人，是騎士道或童話故事所提倡的美德。

既然如此，自己一定並不喜歡妹妹。

因為無法為對方感到悲傷，就表示自己並不喜歡對方。

所以，當時少年放棄了夢想。

因為要實現那個夢想，就必須喜歡上他人。

因為與布倫希爾德的對話，這段記憶復甦了。真是一段無聊的記憶。

法夫納面無表情。至少本人是這麼打算的。不過，布倫希爾德彷彿讀出他細微的情感波動，對他這麼說：

「你可以喜歡我喔。這樣你就不會寂寞了。」

男人在心中咒罵。

（如果這樣就能喜歡上他人，我也不必那麼辛苦了。）

不過，他也同時心想。

如果自己真的喜歡上她。

布倫希爾德與妹妹的身影重疊了。

一年後的某一天，布倫希爾德的母親死於意外。

布倫希爾德非常喜歡母親，母親的死訊肯定讓她大受打擊。

然而不論是舉辦葬禮的期間，還是葬禮結束後，布倫希爾德都沒有哭泣。

法夫納一瞬間以為她與過去的自己相同，但立刻便發覺事實並非如此。

「據說死亡不是一件壞事。」

少女壓抑著顫抖的聲音說：

「因為死亡是神的引導。母親大人只是去了永年王國。所以，我不能哭。」

她這麼說服自己。

因為知道她與自己不同，法夫納說：

「神並不存在。」

法夫納是罪孽深重的無神論者。他並不相信超越人類的存在。

「永年王國也不存在。人一旦死去就會消失，您的母親只不過是回歸塵土罷了。」

這番話十分殘酷。

「怎麼會……」

不過，法夫納對失意的布倫希爾德繼續說：

「所以，您並沒有不能哭泣的理由。」

布倫希爾德看著法夫納睜大眼睛。她的眼睛湧出一層淚水，開始晃動。她似乎有什麼感觸。瘦小的肩膀也頻頻顫抖。

「謝謝你，法夫納。」

自己沒理由受到她的感謝。男人只不過是說出符合邏輯的結論罷了。

既然生者不能為亡者前往永年王國的事哭泣，那麼假如永年王國根本不存在，就表示生者可以為此哭泣。

……而且，能夠流淚的人就應該盡情流淚。

少女因男人所說的話而哭泣。她正如同齡的孩子一般嚎啕大哭。

從那天以來，布倫希爾德就更加親近法夫納了。母親已死，而且這個家原本就沒有父親。法夫納認為她是想找一個可以依賴的對象。

男人卻尚未察覺，這其實是對他的好感。

第一章

母親的葬禮之後過了五年的歲月，布倫希爾德年滿十五歲了。

少女已繼承母親的衣缽成為「龍巫女」。

布倫希爾德居住的王國受到人們稱之為「神龍」的龍所守護。

巫女一族的職責就是對神龍獻上貢品，並聆聽神諭。

神龍被供奉在神殿過著優雅的生活，只有具備巫女血統的人有榮幸能夠謁見他。

那天早上，布倫希爾德有事要拜訪神龍。

她換上以純淨的白色為基底的巫女服裝。不過，在前往神殿前，她走向宅邸內的客房。

那個房間裡有一名少女，年約八歲。

她的名字叫做艾蜜莉亞。

她是布倫希爾德在三個月前撿到的孩子。她差點就餓死在郊外，於是布倫希爾德救了她一命。

她一開始無法說話。理由不是沒學過語言，而是因為受到某種強烈的打擊而無法說話。她的戒心非常強，就連要讓她進食都有困難。宅邸的傭人很快便束手無策，只有布倫希爾德始終不放棄。

每一天，布倫希爾德都會跟艾蜜莉亞面對面相處。布倫希爾德光是試圖靠近，艾蜜莉亞就會發狂。轉眼間，布倫希爾德全身上下都布滿了咬傷與抓傷。可是，不論遭受多麼疼痛的對待，她都保持著耐心。

身為隨從的法夫納姑且勸過布倫希爾德。

「我認為她不值得您為了救她而受傷。」

「你別說了。」

這種時候的布倫希爾德頑固得令人難以置信。她平時的柔和態度消失無蹤，甚至能讓法夫納感受到某種魄力。

此時的布倫希爾德對法夫納展現出明確的敵意，而法夫納也一樣。

看到布倫希爾德試圖做好事，他便感到煩躁。

法夫納望著布倫希爾德，希望她儘早放棄。

不過，結果非常無趣。

艾蜜莉亞停止攻擊布倫希爾德了。

布倫希爾德不管受到多少傷，一次都不曾反擊，而且也沒有辱罵她。這份努力終於開花結果。

接下來就順利了。

她開始願意接受布倫希爾德的餵食，也慢慢會開口說話。

艾蜜莉亞就像一隻小貓，變得越來越親近布倫希爾德。她一旦敞開心扉，就與先前正好相反，不願意離開布倫希爾德。

她會稱呼姊姊，抱著布倫希爾德不放。

「我最喜歡姊姊了。」

她用極度撒嬌的語氣說。

布倫希爾德摸著艾蜜莉亞的頭，對法夫納說：

「你看，我就說吧。」

她一臉得意，就像打敗了什麼大魔王一樣。

「對待任何人都應該溫柔才行。」

布倫希爾德經常說出這類臺詞。每次聽見這種話，法夫納總會感到煩躁。不過，他也無法否定。因為她已經證明溫柔可以打開孤兒們的心扉。既然經過實證，他就無法反駁。

交心之後的布倫希爾德與艾蜜莉亞就像親姊妹一樣。

對布倫希爾德來說，跟艾蜜莉亞相處的時間似乎很快樂，所以她一有空就會拜訪艾蜜莉亞的房間。

兩人所待的房間會不時傳出歌聲。在艾蜜莉亞的央求之下，布倫希爾德會唱歌給她聽。

布倫希爾德的聲音有某種不可思議的力量。

她唱起柔和的詩歌就能安撫聽者，唱起開朗的詩歌就能鼓舞聽者。

布倫希爾德之所以能得到孤兒們的信任，除了本人的溫柔特質之外，肯定也有一部分是多虧那不可思議的嗓音。

前往艾蜜莉亞的房間時，布倫希爾德總是感到很快樂，不過現在的她踏著沉重的步伐。

即使已經抵達艾蜜莉亞的房門前，她還是無法開門，只能呆站在門外。

過了相當長的一段時間，她才終於打開沉重的門。房間裡的少女穿著樸素但潔淨的洋裝。她回過頭來，一看見布倫希爾德便綻放花朵般的笑容。

「姊姊！」

艾蜜莉亞跑過來，一如往常地抱住布倫希爾德的腰。

可是，布倫希爾德無法露出一如往常的笑容。

小孩子對大人的表情變化很敏感。艾蜜莉亞馬上就察覺布倫希爾德正心懷憂慮。

「妳怎麼了？」

「沒有啦，沒什麼……今天就按照約定，去神殿吧。」

「嗯！好期待喔！」

少女的笑容刺痛布倫希爾德的心。

「我從今天開始，就要去神龍大人的神殿生活了吧。我被神龍大人選上了。」

布倫希爾德暫時陷入沉默，但又認為不該讓艾蜜莉亞感到不安，於是繼續說：

「……還是不要去神殿好了。我們兩個一起去王國的各地旅行吧。」

「為什麼？」艾蜜莉亞先愣了一下之後說。

她接著這麼勸說：

「姊姊是巫女，要好好帶我去見神龍大人才行喔。」

「……嗯，說得也是。」

雖然是自己的提議，但根本不可行。身為龍巫女的自己特別受神龍寵愛。假如自己離開，神龍恐怕會動怒。而且，巫女是神龍與人類之間的溝通橋梁，巫女消失會造成所有人的困擾。再說自己顯然沒有能力帶著艾蜜莉亞在國內到處逃亡。

艾蜜莉亞一臉擔心地窺探布倫希爾德的臉。

「姊姊，妳很怕見到神龍大人嗎？」

艾蜜莉亞很擔心她，也很喜歡她。

可是，現在這份好感令她心痛。

布倫希爾德蹲下來，緊緊擁抱艾蜜莉亞。

「一點也不可怕，沒事的。我會去拜託神龍大人，讓我們明天也能見面。所以，一點也不可怕。」

艾蜜莉亞的小手溫柔地撫著布倫希爾德的背。

「我住進神殿之後，妳也要來看我喔。」

布倫希爾德與艾蜜莉亞一起走出宅邸時，已經有前來迎接的士兵正在等待，士兵的身旁停著一輛載貨馬車。士兵牽起艾蜜莉亞的手，將她帶到馬車上的大型木籠裡。籠子裡還有其他孩子們。

載貨馬車開始前進。

士兵們將孩子們運往神殿。

布倫希爾德搭乘另一輛馬車，跟在載貨馬車的後方。

馬車登上平緩的斜坡抵達神殿。士兵們將木籠與珠寶等物品放在入口的拱門前，便掉頭離開。

按照規矩，只有龍巫女能夠進入神殿。

布倫希爾德穿過莊嚴的拱門踏進神殿。因為有巫女為龍打掃環境，神殿內一塵不染。

她走在排列著龍石像的長長走廊上。

最後抵達祭壇的布倫希爾德閉上眼睛，十指交扣。

『神龍大人，請現身。』

布倫希爾德用非人的語言呼喚。

這種語言稱為「龍之言靈」，是唯一能與龍溝通的語言，只有巫女一族天生就擁有這樣的能力。因為能使用這種語言，巫女一族才能擔任龍與人之間的溝通橋梁。

她持續祈禱，一頭巨大的生物便從神殿深處現身。

那是一頭高達十五公尺的巨龍。

人們稱他為神龍。

這頭龍有一身散發著純白光輝的鱗片，十分美麗。其皮膚也富有光澤，充滿了生命力。

不過，他絕非年輕的龍。雖然肉體看似年輕，實際上他已經是守護王國數百年的老龍了。

巨龍一看見布倫希爾德，便溫和地瞇起雙眼。

『歡迎妳來，最美麗的巫女啊。』

『有榮幸謁見您，小女子深感惶恐。為了感謝您守護我們不受邪龍威脅，我們帶了貢品

前來。』

王國之外有許多邪龍橫行，神龍會保護民眾不受他們傷害，所以深受崇敬。

『一如既往，我們已經將祭品擺放在神殿之外。』

『我將收下祭品，並保證今後也會守護人們不受邪龍所害。』

布倫希爾德非常緊張。

因為她有必須說出口的話。

『請恕我僭越，神龍大人。』

布倫希爾德仍然低著頭並這麼說。

『什麼事，我心愛的巫女啊？』

『倘若有必要，我們願意增加祭品。我們會蒐集全國的寶石，也會增加紡車縫製更多衣服。所以，我有件事想拜託您。』

布倫希爾德抬起頭。

『唯獨將人當成活祭品這件事……能不能請您大發慈悲呢？』

這個王國有每月獻上七名兒童給神龍的習俗。

他們是祭品。

神龍會吃人。

艾蜜莉亞等人接下來會成為神龍的口下亡魂。

孩子們並不知道自己會被吃掉的事實。因為沒有必要坦白告訴他們，大人都謊稱他們要到神殿跟神龍一起生活。

艾蜜莉亞被選為祭品的時候，布倫希爾德曾經嘗試推翻這個決定。她屬於特權階級，所以擁有強大的發言權。她試圖向議會提案，將艾蜜莉亞從名單中移除。然而，唯獨這次沒有那麼順利。

這已經不是布倫希爾德第一次為了重選祭品而濫用權力了。她過去也曾經做過好幾次同樣的事。

她至今曾救助無數名孤兒。祭品都出自身分低賤且孤苦無依的族群，所以孤兒特別容易中選。每次自己救助的孤兒被選為祭品，布倫希爾德就會要求重選。

不過，這樣的做法終究有極限。由貴族和富商組成的議會認為即使她是特權階級，也不該繼續任性妄為下去。

布倫希爾德的額頭流下冷汗。

『您保護我們不受邪龍的威脅，我明白這樣的要求很任性……』

布倫希爾德窺探神龍的反應。

神龍的臉上浮現好好先生般的微笑。

『巫女啊，妳還真善良呢。』

神龍沒有動怒，但也用好言相勸的語氣說：

『然而，我無法答應妳的要求。我只能靠著吃下你們人類，才能獲得為這個國家抵禦邪龍的力量。我也不忍心吃下你們。可是，我若失去守護之力，聰明的妳不用說也知道會有什麼後果吧？』

根據傳說，一旦暫停對龍獻上活祭品，邪龍就會襲擊國家。

約一百年前，那樣的情況確實發生過。人們曾一度中斷獻祭，當天晚上邪龍便攻進了首都。據說當時邪龍靠著刀槍不入的鱗片、削鐵如泥的利爪及足以融化鋼鐵的火焰，殘殺了許多人類。這是有文獻記載的史實。

每月獻上七名活祭品就能防止邪龍入侵，確實是相當划算的交易。這七個人都選自孤兒或身分低賤之人，所以不會引起反彈。沒有人會替他們說話。大多數人都認為孤兒長大之後也只會成為地痞流氓，甚至覺得不如在他們學壞之前，讓他們死得有意義。

願意站在孤兒這一邊的布倫希爾德反而異於常人。

『今天的祭品中……也包含我的朋友。所以，拜託您……』

『哦哦，那真是太可憐了。現在馬上放走妳的朋友吧。然後再找其他人來代替。』

『我並不是那個意思……』

『那麼，妳是什麼意思呢？』

『我的意思是，希望您能減少祭品。』

他們又交談了一陣子，布倫希爾德的要求卻始終沒有得到正面回應。

不過，神龍似乎漸漸開始不耐煩了。

『妳不該太過任性。』

神龍帶著威脅之意，將臉湊近布倫希爾德。在那雙眼眸的震懾之下，布倫希爾德不禁畏縮起來。

『只要我有意，隨時都能停止守護你們。那樣一來，犧牲者可就不只七個人了。』

聽到這番話，布倫希爾德啞口無言。

『再說，事到如今還有什麼好顧忌的？不過是一個孤兒罷了。到今天為止，妳不是早已將許多人送到我面前了嗎？難道說他們可以，就只有那一個人不行嗎？妳打算如何面對自己至今視而不見的那些人？』

神龍說得沒錯。

布倫希爾德至今都對祭品視而不見。

她很想改變獻祭的習俗。不過，她也明白這是保護人民不受邪龍傷害的必要犧牲。即使如此，她也想在自己能力所及的範圍內，將自己所認識的人從祭品名單中移除，可是每次都會為替代的犧牲者感到心痛。

儘管如此，不論有多麼心痛，都不會改變自己對祭品視而不見的事實。

布倫希爾德明白自己的罪過。所以，她已經完全無法反駁了。

面對愁眉苦臉的布倫希爾德，神龍用體諒的語調說：

『作為今天的祭品，妳重視的一個人會死去。不過，妳不必如此沮喪。畢竟世界上並沒有無可取代的人，任何人都是可以被取代的，活過漫長歲月的我能向妳保證。妳還年輕，還有幾十年的壽命。有這麼長的時間，想必能找到兩三個足以取代孤兒的人。』

布倫希爾德無法出言附和。

神龍的想法太超然，布倫希爾德完全無法理解。

她只知道自己沒能說服神龍，所以艾蜜莉亞即將死去。

布倫希爾德只好放棄，走出神殿。木籠就放在出入口的拱門旁邊。

籠子裡的艾蜜莉亞發現到布倫希爾德，於是輕輕揮了揮手。她明明被關在籠子裡，內心充滿不安。

布倫希爾德感到難以忍受。

走出神殿之後，布倫希爾德不願意回到城裡。

她停留在城鎮與神殿之間的山丘陷入苦思。

要這麼回到城裡繼續過著日常生活嗎？

不過，就算回到神殿，自己也無能為力。自己沒辦法拯救艾蜜莉亞，也想不到能反駁神龍的說詞。

她正猶豫的時候，太陽漸漸開始下山了。

（……可是，我還是沒辦法放棄。）

能不能再商量一次呢？

經過一番煩惱，布倫希爾德決定返回神殿。

然後感到後悔。

布倫希爾德回到神殿的時候，神龍已經毀了木籠，正要吃掉孩子們。

稚嫩的慘叫聲傳了過來。

神龍的眼裡只有孩子們，沒有發現布倫希爾德。他咬碎孩子，咀嚼其骨肉。神龍的雙手抓著孩子。他輕輕用力，孩子的嘴巴便噴出鮮血與內臟，隨後死去。神龍就像啜飲蛋黃一樣吸食著孩子的屍體。

這幅慘烈的景象讓布倫希爾德連聲音都發不出來。

直到今天為止，她都對祭品視而不見。這一幕讓她深刻明白，那是多麼明智的選擇。

一個熟悉的聲音正在呼喚著姊姊，但她害怕得無法動彈。

如果自己身在這裡的事被發現了，是不是也會跟孩子們一樣被吃掉呢？

布倫希爾德會這麼想也無可厚非。畢竟神龍看著孩子們的眼神是那麼地可怕。不同於跟布倫希爾德對話的時候，那不是看著有理智之人的眼神。

雙腳不斷顫抖，光是站著就費盡力氣。

最後艾蜜莉亞的聲音也消失了。

布倫希爾德不記得自己是怎麼回到城裡的。

回過神來，自己就已經站在城鎮的入口，天色早已暗了下來。

「布倫希爾德。喂，布倫希爾德。」

聽見呼喚自己的聲音，她茫然地抬頭望去。

對方身上的衣服由滑順的絲綢織成，並以紅寶石般的紅色為基調。黃金戒指點綴在纖細的手指上。

烏鴉般的漆黑秀髮是王室的象徵。

這個少年名叫西格魯德，是布倫希爾德的青梅竹馬。他比布倫希爾德年長一歲，今年十六歲。向神龍獻上祭品的日子，他總是會到城鎮的入口迎接布倫希爾德。他擔心布倫希爾德獻上祭品之後，情緒容易變得不穩定。

「妳沒事吧？看起來有點心神不寧……」

布倫希爾德低聲對西格魯德說：

「我好可惡。」

自己至今送出了眾多祭品。因為無法拯救他們，狠心拋棄了素不相識的人。面對求救的艾蜜莉亞，只能眼睜睜地看著她死去。

這一切幾乎將布倫希爾德壓垮。

布倫希爾德再也無法忍受，放聲哭泣。或許是因為看見青梅竹馬的臉而放心的關係。

西格魯德不知道究竟發生了什麼事，慌張地輕撫布倫希爾德的背，說了些安慰她的話。

西格魯德認為有必要先將布倫希爾德安置在可以放鬆的地方，於是帶著她來到王宮。

在王宮的一個房間，西格魯德問起發生了什麼事。

布倫希爾德雖然開口說明，卻說得斷斷續續、不得要領。西格魯德認識的布倫希爾德是一個具有理智的女孩。她說話的方式也展現了這樣的特質，總是能抓到重點，而且選用淺顯易懂的詞彙。像她這樣的人竟然變得只能說出支離破碎的語句，可見肯定發生了讓她大受打擊的事。

西格魯德沒有催促布倫希爾德，耐心地聽著她說話。她有時會重複同樣的內容，或是連續說著自責的話，所以花了不少時間，不過西格魯德總算理解來龍去脈了。然而，儘管可以理解，這並不是能夠解決的問題。

因為他們不能停止向神龍獻祭。一旦停止，據說盤踞在王國之外的邪龍就會襲擊人民。所以，他能做的只有安慰布倫希爾德，告訴她「活祭品是必要的犧牲」或是「這不是妳的錯」。

（……雖然我心裡很清楚。）

卻說不出口。

對西格魯德而言，布倫希爾德是最重要的朋友。所以，他不想說些敷衍的話來應付。

西格魯德想幫助她。

而且西格魯德也非常同情祭品。欺騙孩子、將他們當作餌食，根本是不可原諒的行為。

布倫希爾德用雙手摀著臉，哭著說道：

「我現在一點也不認為神龍大人是偉大的龍，他根本是禽獸。」

西格魯德可以把這句話當作精神失常的胡言亂語，但他選擇用真誠的態度看待。

「……如果神龍大人真的是禽獸……我們並不是沒有辦法能對付他。」

布倫希爾德抬起頭。

「妳還記得妳以前對我說過的話嗎？妳說王國外面或許根本沒有什麼邪龍。」

她曾經對西格魯德說過這種話。

傳說或文獻都有明確記載，邪龍會用黑色的翅膀在空中飛翔。可是，從來沒有人看過邪龍飛越王國的上空。既然如此，就有可能表示邪龍已經滅絕了。

西格魯德對布倫希爾德的豐富想像力感到驚訝，因此記得很清楚。

「為了確認妳的假設是不是真的……我們到王國外面看看吧。」

布倫希爾德搖搖頭。

「不行。你知道神龍大人訂下的規矩吧？要是違反規矩踏出王國，邪龍會襲擊人民。」

「我是說，如果神龍大人真的是妳說的那種禽獸，他訂下的規矩根本沒有意義吧？」

西格魯德知道自己說的話非常狂妄。神龍在這個王國的地位等同於神。雖說是為了幫助朋友，這種唾棄神的言論還是很不敬。隨時都可能受到天譴的感覺讓他冷汗直流。

聽完西格魯德說的話，布倫希爾德開始思考。

在布倫希爾德的眼裡，神龍確實已經不再神聖。即使如此，那也不代表他不具備超乎常理的力量。假如他有某種魔法般的力量，布倫希爾德等人一旦違反規矩，就有可能讓人民暴露在危險之中。

不過就算如此，布倫希爾德仍然想前往王國之外。

艾蜜莉亞求救的聲音深深烙印在她的耳裡。

如果能證明邪龍不存在，就沒有必要向神龍獻祭。因為神龍之所以吃人，就是為了得到替人民抵禦邪龍的力量。

「我需要你的幫助，西格魯德。」

原本很軟弱的布倫希爾德眼裡燃起堅定的意志。

「我已經不想再讓龍吃掉任何人了。」

三天後，他們實行了前往王國之外的計畫。

布倫希爾德等人的王國被一排巨龍雕像包圍。

雕像與雕像之間由石灰砌成的牆壁相連。所以，人們看不見雕像另一頭的世界。每一座雕像的高度都是成年男性的二十倍以上，因此無法翻越。

這就是他們與外界的界線。

龍懂得許多人類無法使用的祕術，據說這道長城般的雕像與牆壁就是用其中一種祕術建造而成。

布倫希爾德與西格魯德分別帶著一名值得信任的隨從集合在龍像之前。

石造的巨龍在遙遠的高處眺望著人們。仰望它們的布倫希爾德感受到某種難以言喻的陰森氣息。

神龍曾經說過，龍像是為了替人民隔絕不好的事物才建造的。不過，現在看起來反而像是要壓迫人民。

（是因為我看見了神龍吃掉小孩子的樣子嗎？）

或許是因為如此，即使知道那是石像，看見龍的造型還是會令她感到恐懼。

「大家跟我來。」

西格魯德帶領布倫希爾德一行人。

走了一小段路，他們便來到用不自然的大塊布料遮住一部分牆壁的地方。

西格魯德稍微翻開布料，便能從下方窺見一點外界的景色。

「牆壁被弄壞了嗎？」布倫希爾德驚訝地詢問。

「是啊。這是前幾天，城裡的學者用炸藥破壞的。」

那名學者從以前就開始主張王國應該與外界有所交流。他認為總是在封閉的世界中遵從神龍的指示，會限制國家的發展，所以依循自己的理念破壞了牆壁。

「那名學者後來怎麼了……」

「就算我不說，妳也猜得到吧？」

他的罪名只有死路一條。

這些龍像是神龍建造的神聖之物。身分在平民以下的人光是靠近就會被判處死刑，若是破壞它，就連接受審判的機會都沒有。

「……您真的要去嗎，布倫希爾德大人？」

布倫希爾德的隨從法夫納問道。

「翻越龍像的行為，明顯缺乏身為巫女的自覺。您去世的母親如果知道了，不曉得會有多傷心。」

「事到如今，我已經顧不得巫女的資格了。因為我沒有自信能繼續擔任龍巫女。」

她已經知曉神龍是如何啃食人類。既然已經知曉，她就無法再若無其事地交出孩子們。

法夫納沒有繼續勸說，他無意違背主人的決定。基於隨從的立場，他會姑且提出忠告，既然布倫希爾德已經決定前往外頭，他就會乖乖聽命。

另一方面，西格魯德帶來的隨從卻不同。

「王子，現在還不晚，請停止吧。前往龍像之外，不知道會遭受什麼樣的天譴。」

這個男人留著一頭閃亮的金髮，肌肉結實且身材高大，隨身帶著一把長槍。

他的名字叫做史芬，是西格魯德王子的隨從，今年十八歲。

史芬是篤信神的年輕人，出生在歷史悠久的騎士世家，從小到大都虔誠地遵守神龍訂下的規矩。

「西格魯德大人應該也知道，一百年前曾有邪龍攻進王國之內。原因就在於當時的王室企圖前往外界，擴大領土。我們不該讓歷史重演。」

雖然他是個虔誠的騎士，卻也有弱點。

「拜託你，史芬，我希望你能跟我同行。」

西格魯德如此拜託。這句話讓史芬不知所措。

「可是這實在……」

「就算碰上邪龍，我認為有你的長槍就能化險為夷。」

史芬經過一番煩惱，嘆了一口氣。

「……真是的，下不為例。」

儘管史芬是神龍的信徒，對主人卻更加忠誠。因此他難以拒絕主人的要求。

布倫希爾德向史芬道謝。

「謝謝你，史芬。人人都說你是王國無人能敵的騎士。有你的陪伴，我們就安心了。」

史芬靦腆地笑了幾聲。他原本就是喜歡受到依靠的性格。

「請交給我吧。我向這把長槍發誓，一定會保障兩位的安全。」

終於達成共識之後，法夫納開口說：

「我們差不多該前往牆外了。即使我們是可以靠近牆壁的身分，還是避免被民眾看見比較好。」

四人翻開蓋住牆壁的布，走向王國之外。

「說得也是，快點出去吧。」

「哇……」

布倫希爾德不禁發出讚嘆的聲音。

四人第一次看見所謂的地平線。沒有牆壁的阻擋，大地一望無際。布倫希爾德以外的三人雖然沒有出聲讚嘆，內心卻也為之驚奇。這幅景色甚至令人忘了可能遭受的天譴。

一行人環顧四周，沒有看到邪龍的蹤影。附近並沒有大型動物存在。

打算率先邁出步伐的布倫希爾德遭到西格魯德制止。

「妳待在我後面。我們四人之中，妳是最柔弱的。」

布倫希爾德其實也學習了戰鬥技巧。現在的她並非毫無防備，配在腰上的彎刀隨時都能出鞘。

然而，被這樣用力抓住手臂，她不得不承認自己的弱小。

「好吧。」布倫希爾德這麼說，然後乖乖移動到西格魯德的背後。

在西格魯德與史芬的帶領之下，四人行經草原、穿越森林，並且跨過山丘。卻仍然沒有見到邪龍的蹤跡。

「看來邪龍滅絕的可能性越來越高了。」

經過一番搜索，太陽漸漸下山。牆外沒有任何光源，顯然即將被真正的黑暗籠罩，所以他們立刻回到牆壁的出入口。走進王國的時候，布倫希爾德說：

「下次就準備馬匹吧。」

「妳還想再去一次嗎？我們都已經走了那麼久，光是今天一天就能證實沒有邪龍的存在了吧？」

「也許只是我們剛好沒有遇見罷了。我想至少調查三次。」

到頭來，他們那天並沒有遭受所謂的天譴。

隔天，四人騎著西格魯德準備的馬來到牆外。

調查並沒有在三次以內結束。因為布倫希爾德認為應該嚴加確認，他們擇日調查了五次。一行人騎著馬，跑遍了相當大的範圍，卻還是沒有見到邪龍，只有偶爾碰上野生動物。野兔在草原上奔馳、森林中傳出鳥鳴，以及蝴蝶輕盈地飛舞著。

周圍十分寧靜。

「既然找了這麼久都沒有找到，至少可以確定附近並沒有邪龍棲息。」

「是啊，我也覺得這足以證明邪龍並不存在。」

「西格魯德，我想跟神龍大人報告這件事。」

既然已經證明邪龍不存在，那應該就不必再獻上祭品了。

他們已經仔細調查過牆外的環境。不論神龍說什麼，布倫希爾德都有自信說服他。

不過，西格魯德一臉擔憂。

「……如果神龍大人聽不進去呢？就算能證明邪龍不存在……我們也違反了不能踏出王國的規矩。」

據說神龍會懲罰違反規矩的人。

「萬一妳被吃掉……」

西格魯德的這句話讓布倫希爾德想起艾蜜莉亞被吃掉時的事。皮膚滲出黏膩的汗水，心跳開始加速。即使深受神龍寵愛，違反規矩的人還是有可能會成為他的口下亡魂。

可是布倫希爾德早已決定要跟神龍談談。

如果能靠溝通解決，那就是最快的方法。雖然他們也可以瞞著神龍，在王國以外的地方

建立據點，讓人民移居到那裡，但是這種做法需要時間，過程中不知道還會有多少人犧牲。

「如果我沒有回來……那就表示神龍大人真的是無法溝通的禽獸。西格魯德，以後的事就交給你了。」

「別說傻話了。今天還是讓我跟妳一起……」

「不行，你要留下來。這件事是我起的頭。就算要遭受天譴，我也不想把你拖下水。」

共同遭受天譴對西格魯德來說不是什麼大問題，但布倫希爾德就是堅持不讓西格魯德同行。這種時候的布倫希爾德就連西格魯德也無法說服。

布倫希爾德的聲音讓西格魯德感到難以違抗。

她的聲音並沒有怒氣，也不帶有壓迫感或領袖魅力。可是不知為何，她的聲音會讓人覺得身為生物，理所當然應該聽從她所說的話。

「不管妳怎麼說，這一點我絕對不退讓。」

不過，西格魯德抵抗了她的聲音。重要的朋友說不定會被咬死，所以他堅持己見。

兩人完全沒有交集。

經過好一段時間，布倫希爾德終於嘆了一口氣。

「……好吧，我認輸。今晚，我們一起去神殿吧。」

西格魯德總算同意了。他接著準備了保護布倫希爾德的長槍，在訓練場暖身，等待約定的時刻到來。

然而，布倫希爾德並沒有現身。

她假裝妥協，趁著白天的時間一個人前往了神殿。

穿越排列著龍像的走廊，布倫希爾德見到了神龍。

布倫希爾德首先為自己踏出牆壁的行為道歉。不過，她沒有提及西格魯德也有同行的事情。即使要遭受天譴，她也想一個人承擔。

『什麼……』

面對啞口無言的神龍，布倫希爾德按照順序，簡單扼要地說明。

邪龍並不存在，人民已經不需要神龍的守護。

以及——

『神龍大人也沒有必要再吃人了。』

她緊張地嚥下口水。

如果神龍是能夠溝通的對象，這樣應該就不必再向他獻祭了。

神龍露出苦思的表情，灰暗的臉色絲毫沒有變化。

最後，神龍說：

『看看妳做了什麼，布倫希爾德。我沒有想到妳竟然是如此愚昧的女孩。』

『可、可是，我已經搜索了五次。我騎著馬，跑遍了非常廣闊的範圍，途中卻連一頭邪龍都沒有遇見。牠們想必已經滅絕了。』

『邪龍是否存在根本不重要。我是對妳踏出牆壁一事感到失望。』

神龍用鱷魚般的大臉靠近布倫希爾德。

『妳違反規矩才是問題所在。』

神龍的吐息吹動了布倫希爾德的頭髮與衣服。

『妳很聰明，但終究只是人類。這個世界有著人類的智慧所無法理解的事物，不可前往牆外的規矩也是其中之一。妳不該思考多餘的事，只要乖乖遵守規矩即可。王國今晚恐怕會遭到邪龍襲擊。』

『邪龍根本不存在，又怎麼可能襲擊人民呢？』

『邪龍確實存在。』

『存在於什麼地方？』

『妳沒有必要知道。布倫希爾德，妳今晚要留在神殿。倘若回到城鎮，就會遭到邪龍襲擊。我不想失去妳。』

『不，我要回到城鎮。如果事情正如神龍大人所說，有邪龍即將來襲，我就更應該回去。城鎮遭受襲擊是我的責任，所以我不能獨自逃走。』

面對眼前的巨龍，布倫希爾德也不害怕，堂堂正正地說。看到她那雙意志堅定的眼睛，神龍只好退讓。

『那麼妳就與最信任的對象一起度過今晚吧。祝妳平安克服邪龍來襲的夜晚。』

神龍走向神殿深處，而布倫希爾德回到了城裡。

到了晚上，布倫希爾德去見了西格魯德。他接下來正準備前往神殿，但布倫希爾德早已結束與神龍的會面。

「妳如果再做出同樣的事，我不會原諒妳。」西格魯德這麼說的聲音裡蘊含著憤怒。

布倫希爾德從以前就帶有這種狡猾的特質。

西格魯德很高興她如此重視自己。不過，將人蒙在鼓裡的保護方式很令人難受。

西格魯德是個男孩。他的體格比布倫希爾德高大，更有力氣，也更強壯。

所以，他想保護布倫希爾德。然而，布倫希爾德總是這樣早一步保護西格魯德。

「我就這麼不可靠嗎？」

布倫希爾德趕緊否認。

「沒有那回事。我只是不想讓你遭遇危險……」

不過，布倫希爾德決定停止找藉口，乖乖向西格魯德道歉。

「對不起。」

對於欺騙西格魯德的事，她也不是沒有罪惡感。

西格魯德並沒有繼續責備布倫希爾德。他的本意不是要讓布倫希爾德難堪。

「……所以，妳跟神龍大人談了什麼？」

布倫希爾德對西格魯德描述自己與神龍之間的對話，以及邪龍即將襲擊城鎮的神諭。布倫希爾德之所以來見西格魯德，理由不只是想為欺騙他的行為道歉，也是為了轉達關於邪龍的事。

「這樣啊，神龍大人下達了那種神諭……」

西格魯德用手抵著下頷，開始思考。現在沒有時間為布倫希爾德平安回來的事放心了。

「布倫希爾德，妳怎麼看？我的意思是要不要向人民公布這件事。」

「沒有那個必要。因為我們找了那麼久，連一頭邪龍都沒有找到。如果今晚真的有邪龍來襲，那只有可能是憑空出現的了。」

「的確沒錯……」

西格魯德很仰賴布倫希爾德的智慧，認為她的腦袋轉得比自己快多了。

不過——

「即使如此，還是可能有什麼萬一。」

西格魯德並不是布倫希爾德這樣的無神論者。而且，他的立場與布倫希爾德不同。雖然同樣身為特權階級，他是王子。巫女的使命是與龍溝通，而王子的使命是保護人民。

「而且，也許真的有我們人類無法理解的力量正在運作。」

「你打算以王子的身分宣布『今晚會有邪龍來襲』嗎？邪龍明明不會出現，這樣會讓全國陷入大混亂。如果人民整晚都隨著你的言論起舞，到了早上卻發現什麼事也沒發生，恐怕會損及王室的信用。」

布倫希爾德很擔心西格魯德的立場。

有時候，她的發言乍聽之下似乎欠缺同理心。她開始注重理性思考是因為受到法夫納的影響，所以或許也無可奈何。

「布倫希爾德，我需要借助妳的智慧。請妳想出能保護人民免於意外的方法，可以的話，最好是不會讓我的信用受損的方法。」

「可以的話……」

「如果妳想不到就沒辦法了。比起我的信用，人民的生命更重要。」

假如布倫希爾德沒有提供點子，他應該會抱著失去信用的覺悟，對人民宣布邪龍即將來襲的事情吧。

「我想想……」

思考了一陣子之後，她開口說：

「就假裝有盜賊出沒吧。交代人民關好門窗並準備武器，而且絕對不可以走出家門。」

「原來如此。這樣一來就能儘量減少混亂發生，並且強化防禦了。」

西格魯德連連點頭表示佩服。

「這是很棒的策略。不愧是布倫希爾德。」他微笑著說。

「這沒什麼吧……連策略都算不上。」布倫希爾德害羞地說。

雖然嘴巴上這麼說，布倫希爾德並不討厭受到稱讚的感覺。

快要入夜的時候，就派騎士到城裡發出盜賊出沒的消息。吩咐派出的騎士們直接留守在城裡，更是一石二鳥。

西格魯德對布倫希爾德說：

「我會派史芬護衛妳。」

「……咦？為什麼突然這麼說？」

「神龍大人不是說過嗎？『要跟值得信任的對象度過今晚。』」

「不需要。我不是說了邪龍不會來嗎？」

「布倫希爾德。」

西格魯德定睛注視著布倫希爾德。他應該是擔心會有什麼萬一吧。

布倫希爾德很怕這種眼神。不管自己的論點多麼有條有理，被他這種誠摯的眼神盯著看，就讓人不禁妥協。

「……好吧。可是，對象不能是史芬。」

「妳在說什麼啊？史芬很強，就算要跟邪龍戰鬥，他也不會輸……」

「你剛才說過：『我就這麼不可靠嗎？』對吧？我一點也不那麼想。所以，我希望由你來陪著我。」

「……我知道了。」

聽到這番話，身為男人就應該接下護衛的任務。

而且雖然比不上史芬，西格魯德的武藝仍然很出色。

「我可能不像史芬那麼可靠，但我會盡全力保護妳。」

布倫希爾德用輕鬆的語調回應：

「嗯，我會盡全力被你保護。」

聽到她這句玩笑話，西格魯德很高興。這幾天來，布倫希爾德一直處於低潮，看著她就令人感到難過。大概是因為確定邪龍不存在，她的內心才能保有餘裕吧。

夜晚來臨了。

因為事前發出警告，沒有人民在街上走動，只有武裝的騎士與士兵到處巡邏。

布倫希爾德從王宮眺望巡邏的士兵，在心中向他們道歉。

抱歉讓你們做白工。

不過，布倫希爾德其實沒有必要道歉。

因為正如神龍的神諭，傳說現身了。

這一百年來牠們從來不曾出現。那是有著黑色翅膀的龍，體高是成年男性的兩倍以上。

而且不只有一兩頭。無數的龍突然飛來，開始攻擊城鎮。

就連騎士也不是龍的對手。龍群從嘴巴噴出足以融化鋼鐵的火焰，用利爪輕易劃開鎧甲，用牙齒咬碎頭盔。

城鎮陷入一片火海。

「怎麼會？不可能……！」

從王宮的窗戶俯視著燃燒的城鎮，布倫希爾德驚慌失措。

（牠們到底是從哪裡來的？我們明明到處都找不到。）

神龍所說的話閃過腦海。

——這個世界有著人類的智慧所無法理解的事物。

邪龍只會在人類靠近牆壁的時候出現，作為懲罰嗎？

彷彿天意所給予的制裁……

試圖用人類的道理來衡量龍，是自己錯了嗎？

就像神龍說的，什麼都不思考會比較好嗎……？

（不，現在……）

現在不是思考這些事的時候。

冷靜下來，去做自己能做的事。

布倫希爾德瞥了一眼自己腰上的彎刀，然後試圖走出王宮。

（我得保護人民。）

然而西格魯德抓住她的手，阻止了她。

「妳不可以出去。」

「可是，我……我必須戰鬥。因為我的關係，城鎮和人民……」

西格魯德持續抓著布倫希爾德的手，然後舉起來說：

「這雙瘦弱的手臂能做什麼？妳連牠們的鱗片都傷不了。」

布倫希爾德學習過巧妙的宮廷劍術，但力量的強度仍然不超過女性的範疇。她的攻擊不可能對全身長滿堅固鱗片的邪龍有效。

「冷靜一點。妳不冷靜怎麼行呢？」

這句話讓布倫希爾德終於真正冷靜下來。她發現自己剛才只不過是自以為冷靜罷了。否則，弱小的她根本不會想要試圖與龍戰鬥。

自己該做的事不是戰鬥，而是思考。

房間內響起玻璃窗碎散的聲音。

兩人轉頭一看，發現有一頭邪龍正要從破損的窗戶進入他們所在的房間。

現在就連王宮也算不上安全了。

「走這邊！」

手持長槍的西格魯德拉著布倫希爾德的手奔出房間。邪龍的駭人叫聲追了上來。

奔出房間的兩人感到錯愕。因為王宮已經遭到無數邪龍入侵。

王宮建造得十分絢麗，有著寬敞的走廊與挑高的天花板。這一點反倒弄巧成拙，讓龍群得以自由自在地搗毀宮中的一切。有邪龍飛到水晶吊燈上，使水晶吊燈因為承受不了重量而墜落。隨著一陣震耳欲聾的聲音，有騎士因此被壓垮。

這樣還不如乾脆逃離王宮。

「……對了，王宮外面。」

布倫希爾德與西格魯德同時想到。

「我們去神殿，拜託神龍大人擊退邪龍。」

「我也正想這麼、說……」

布倫希爾德的聲音漸漸變小。

（神龍大人現在在做什麼呢？）

到今天為止，神龍大人都會保護我們不受邪龍傷害，為什麼現在卻什麼都沒有做？

因為這是天譴？是制裁嗎？

不，這不可能是天譴或制裁。

布倫希爾德的頭腦開始冷靜地運轉。

邪龍突然現身的情況確實無從解釋。或許是基於某種神祕的力量，也有可能是憑空出現。不過，這並非問題所在。

（問題是邪龍出現的時機。）

牠們是今天出現。

然而，這並不合理。

假如這是天譴或制裁等超越人類智慧的力量，就應該發生在布倫希爾德等人踏出牆壁的那一天才對。

（因為神隨時都看著我們，應該能在我們走出去的那一天制裁我們。）

可是實際上發生的時機是他們搜索了五次之後，準確來說是向神龍大人報告之後。

神龍大人說過。

邪龍今晚將會來襲。

為什麼是今晚呢？難道我一報告這件事，神才認知到我們踏出牆壁的事實嗎？不可能。既然神全知全能，這個時機未免太晚了。邪龍的襲擊絕對不是什麼天譴。

既然如此，有可能的情況就是……

（神龍大人命令邪龍襲擊人民……？）

布倫希爾德不知道他為何要那麼做，也不知道他是如何辦到的。

（假設真是如此……不，就算真是如此，我們也只能前往神殿。因為只有神龍大人有能力阻止襲擊城鎮的龍災。）

兩人往神殿出發。

騎士在遭到烈火蹂躪的城鎮各處與邪龍交戰。

兩人來到神殿所在的山丘山腳。當他們差一點就能見到神龍的時候——

「——唔！」

一頭邪龍朝布倫希爾德衝了過來。速度之快，彷彿一支黑色的箭矢。布倫希爾德想像自己被咬得粉身碎骨的模樣，預見了死亡。

不過，邪龍被來自旁邊的長槍貫穿，停了下來。

西格魯德的長槍刺穿了龍的飛膜，阻止了牠。

「西格魯德……！」

西格魯德開始與邪龍格鬥。布倫希爾德立刻萌生拔劍相助的念頭，卻被西格魯德的吶喊制止。

「走！快走！」

布倫希爾德背對西格魯德奔向神殿。

（我知道……）

知道自己即使揮劍，也無法傷到邪龍。

與其作那種無謂的抵抗，不如儘早抵達山丘上的神殿，拜託神龍大人「擊退邪龍」，能夠幫助到他的可能性還比較高。

然而，即使心裡明白，只能遠離遭到邪龍襲擊的西格魯德，還是讓布倫希爾德感到羞愧不已。

（如果我有能力戰鬥就好了。）

內心懷抱不可能實現的願望，布倫希爾德奔上山丘。

抵達神殿的時候，她沒有祈禱或問候，一開口便發出吶喊。

布倫希爾德狂奔穿越龍像林立的大廳。或許是因為太焦慮，她覺得龍像的數量好像減少了一些。

『神龍大人！神龍大人！』

聽到焦急的聲音，神龍現身了。

『哦哦，我的巫女啊，幸好妳平安。靠近一點，讓我看看妳的臉。』

『請您晚點再盡情地看吧。更重要的是，拜託您救救人民。許多邪龍正在城裡作亂。求求您……』

『在那之前，我必須問妳。妳明白自己有多麼愚蠢了嗎？妳知道靠近牆壁是多麼可怕的事了嗎？妳能發誓再也不依照自己的想法行動嗎？』

『是，我願意發誓。』

布倫希爾德立刻回答。

不過，她的內心因為悔恨而燃燒著。

（不只是邪龍來襲的時機，他說得彷彿自己能任意操控邪龍似的。）

這頭龍想必就是幕後黑手。雖然不知道手段與目的是什麼，只有這一點是確定的。

可是，即使疑心轉為確信，布倫希爾德的力量也不會變強。

無力的巫女只能向神龍道歉，低頭祈求。

『我會實現妳的願望。今後，妳必須過著嚴守規矩的生活。』

『謝謝您……』

布倫希爾德流下眼淚。神龍認為這是感謝的眼淚而微笑，實際卻並非如此。

這是悔恨的眼淚。

布倫希爾德回到城裡時，邪龍已經消失了。

西格魯德倒在山腳下。

「啊啊，西格魯德，怎麼會……」

布倫希爾德跑過去將他抱起。

他在抵抗邪龍的過程中受了傷，幸好沒有危及性命。

「邪龍……突然逃走了。如果再晚一點，我應該會沒命。」

西格魯德道謝，布倫希爾德卻對他搖搖頭。

自己不值得他感謝。如果自己有力量，或是沒有膚淺地向神龍說出自己踏出王國的事，就不會讓他受傷了。

夜晚過去了。

以襲擊的規模而言，死傷者的數量偏少。事前警告民眾不要外出的策略奏效了。即使如此，還是有不少人受傷或死亡。

這段期間，整座城鎮都忙著治療傷患或修繕房屋。可是，當事情漸漸上了軌道，人們開始討論這次的襲擊為何會發生。

「一定是有人跑到王國外頭了。」

布倫希爾德萌生強烈的罪惡感。

「當初……是我提議的。我應該出面自首，並接受應得的懲罰……」

西格魯德立刻說：

「不行，我會把這件事壓下來。」

這不像西格魯德會說的話。他的責任感比布倫希爾德更強，而且生性厭惡掩蓋或作假勝過任何事物。然而，不論布倫希爾德說什麼，他都堅持要「將這件事壓下來」。

如果踏出王國的人只有西格魯德，他恐怕不會如此頑固地選擇隱瞞。

只要前往牆壁外面，就是無須審判的唯一死刑。

西格魯德不想失去布倫希爾德。

布倫希爾德很感謝西格魯德願意保護她。理由不只是能保住一條命，也因為她有一件事必須傳達給所有人。

那正是神龍操控邪龍，襲擊了人們。

根據狀況來判斷，這麼想肯定沒錯。不過，布倫希爾德也知道光是如此還欠缺說服力。

邪龍究竟是從何處現身的呢？

除非查明這一點，否則神龍就是幕後黑手的假設只會被當成布倫希爾德的幻想。

儘管如此，想查明這件事，並不是完全沒有線索。

布倫希爾德隱約記得，自己以前曾經聽身為前任巫女的母親說過，神龍能夠創造自己的眷屬。

因為是很久以前聽說的事，記憶很模糊。至於具體的做法，她好像根本沒有聽說過。

不過，布倫希爾德的母親或許知道龍是如何創造眷屬的。

布倫希爾德前往宅邸內的書房。

書房保存著關於龍的書籍。其中說不定有文獻記載著創造眷屬的方法。

文獻的數量非常龐大。畢竟布倫希爾德的家族已經擔任龍巫女長達兩百年，光是踏入書房就令人頭暈目眩，但她已經決定要堅持到底。

身為隨從的法夫納也被她拖下水。他做起這類事務工作特別有效率。

兩人開始整天泡在書房裡，三餐都由傭人端到書房。

他們調查了好幾天。

因為兩人一直沒有走出書房，傭人們都在謠傳主人與隨從是不是在做什麼可疑的事。他們並沒有猜錯。試圖揭穿神龍的真相，在這個國家確實屬於「可疑的事」。雖然傭人們口中的「可疑的事」，其實是更八卦的意思。

「呼……」

書房裡的布倫希爾德在書本的圍繞之下仰天嘆息。因為閱讀太多文字，感覺腦袋都要燒壞了。

布倫希爾德是個愛看書的人。可是，連續這麼多天的大量閱讀，實在令人心力交瘁。辛苦的理由不只是文獻的數量太過龐大。老舊的書本光是翻頁就有可能崩解，所以必須小心翼翼地對待，過程相當耗費心神。

（稍微休息一下吧。）

待在稍遠處的法夫納映入眼簾。他以輕柔但非常快的速度翻閱著書本。

布倫希爾德原本想對他說：「你也休息一下吧。」卻又作罷。他不需要休息。

以前布倫希爾德曾經在他做著其他工作時勸他休息，他卻回應：「您不需要顧慮我。」他不會累。那副默默地持續工作的模樣讓人不禁聯想到人偶。

法夫納的身旁有讀完的書堆積如山。他已經過目的書是布倫希爾德的兩倍以上。

看著法夫納，布倫希爾德有時候會心想，他是不是不把自己當作人類，而是武器或道具，所以才不會有休息的念頭？

（因為覺得自己是用完就丟的道具，才不會珍惜吧。）

一想到這裡，布倫希爾德開始感到心神不寧。

室內正巧有傭人剛剛端來的餐點。桌上放著麵包與湯，還有裝著冰水的玻璃杯。

布倫希爾德拿起為法夫納準備的玻璃杯，隔著杯身感覺到舒暢的冰涼。

她走向法夫納。法夫納的目光仍然落在書本上。

布倫希爾德用冰涼的玻璃杯觸碰他的臉頰。

「…………」

他沒有任何反應。如果對象是西格魯德，就能看到有趣的反應了。

「……怎麼了嗎？」

他甚至沒有生氣的跡象。真無趣。

「……你也稍微休息一下吧。」布倫希爾德指著餐點。

「您不需要顧慮我。」

法夫納的目光再次回到書本上。

「去休息，這是命令。」

法夫納的眼睛看著布倫希爾德。

「我休息得越久，就越晚達成目的。」

「使用得越粗暴，道具就越容易損壞。優秀的道具就必須要好好愛惜才行，這樣才能長久使用。」

法夫納思考之後，表示同意。

「您說的有道理。那麼我就休息吧。」

布倫希爾德小聲說道：「你真的把自己當作道具嗎……」

她原本想聽到的回答是「我不是您的道具」。

法夫納走向桌邊，一把抓起麵包就塞進嘴裡。他連椅子都沒有坐，一副事務性的態度。

他完全沒有想要品嘗食物的想法。

「啊啊，真是的。不是這樣啦。」

布倫希爾德坐到椅子上，催促法夫納坐下。

「我們一起吃飯吧。」

「為什麼？」

「因為我想這麼做。」

由於是主人的命令，法夫納乖乖坐到椅子上。

「這種營養補給，我只需要兩分鐘就能完成。」

「至少花個十分鐘啦。而且我也想聊聊天。」

「這不是好跡象，主人。」

布倫希爾德被教養成一名具有理智的女性。法夫納以前曾經說過：「神並不存在。」所以她連神也不相信。這句話對布倫希爾德的人格養成造成了一定的影響。面對神蹟或神諭也能用自己的頭腦思考的模樣，法夫納認為並不壞。這樣總比放棄思考的愚昧民眾好多了。

不過，她會在奇怪的地方忽視效率。

用餐就是最明顯的例子。在攝取營養上浪費時間根本沒有意義。然而，一談到這類的話題，布倫希爾德就會捨棄效率，做出許多無謂的行為。

「時間不該浪費在沒有意義的行為上。」

「這才不是沒有意義的行為。因為你……是我僅剩的家人。」

自從雙親逝世，布倫希爾德就把法夫納視為父親或兄長。

「所以，我們一起吃飯吧。不論有多忙碌，都不應該輕忽這件事。」

「我明白了。」

法夫納能想到許多反駁的論點，但沒有說出口。隨從只需要服從主人。

兩人慢慢享用餐點。

他們的對話並不熱絡。法夫納不會閒聊。

十分鐘的沉默中，只有偶爾用簡短的句子交談。

雖然只有如此，布倫希爾德卻表現得非常自在。

就算對話不熱絡，布倫希爾德還是很高興能跟家人共度一段時光。

這麼難懂的事情，法夫納當然不明白。

他不知道該如何面對布倫希爾德展現的好感。

休息結束後，兩人再次面對書架。布倫希爾德的工作效率明顯有了提升。

大約經過兩個小時，寧靜的書房裡響起布倫希爾德的聲音。

「找到了！」

看過千本以上的書籍，她終於找到自己想要的內容。

邪龍……在書上稱之為黑龍，其中記載著創造牠們的方法。

布倫希爾德用興奮的眼神追逐書上的文字。

不過，她的臉色很快就沉了下來。

法夫納也走過來閱讀那段文字。原來如此，這確實是會讓主人意志消沉的內容。

「材料是人類嗎？」

讓人類吃下龍鱗，就會變成龍。

成為其眷屬的龍會遵從鱗片主人的命令。

「所以，前幾天襲擊城鎮的龍原本都是人類嗎？」

「也許是將沒有吃掉的小孩子變成龍，然後操控了他們吧。」

「這麼……這麼殘酷的事……」

布倫希爾德緊緊閉上眼睛，表情就像在忍耐疼痛。

「可是，如此一來就掌握證據了。」

而且透過這項證據，可以推理出可怕的結論。

（追根究柢，神龍為何要吃人呢？）

布倫希爾德把書本夾在腋下，作勢走出書房。假如她的推理正確，就必須立刻想辦法處理神龍。不過這並不是區區兩人能解決的問題。

「我們去跟西格魯德和史芬談談吧。有了這項證據，他們應該也能理解才對。」

法夫納抱著懷疑的態度。

「真是如此嗎？請恕我直言，歷代巫女的手記之中，包含了許多不切實際的內容……」

「可是……這些內容確實說得通。」

「但如果沒有經過證實，那也只是文字敘述罷了。」

「你說證實……要怎麼證實？」

布倫希爾德很驚訝。

「你該不會想讓人類吃下鱗片，拿他們來做實驗吧？」

法夫納確實有可能這麼想。

「……不，經過與您相處的時光，我也開始學習溫柔對待他人了。雖然這是我非常不擅長的領域。」

「哎……哎呀，真的嗎？」

意料之外的回答讓布倫希爾德很高興。

生性冷淡的法夫納竟然想要溫柔對待他人。

（呵呵，原來他都明白。）

「我有個想法。只要給我一天的時間，就能做好準備了。」

布倫希爾德點了點頭說：「那就交給你了。」

現在的他值得信任。

兩天後，布倫希爾德將西格魯德與史芬約了出來。

在宅邸的一個房間內，布倫希爾德向兩人坦白：

「前幾天的邪龍來襲……幕後黑手是神龍。」

西格魯德與史芬都睜大眼睛。史芬更是在這個國家占多數的神龍信徒，因此露出瞠目結舌的表情。

「您怎麼會說出如此不敬的話……」

「考慮到邪龍來襲和撤退的時機，只有可能是神龍在操弄。」

「……布倫希爾德大人，如果是我理解不足，我很抱歉。不過，請容我再三確認。」

史芬發問：

「布倫希爾德大人是這麼說的——神龍大人得知布倫希爾德大人踏出牆壁之後，便命令邪龍襲擊了城鎮。」

「沒錯。」

「……請問他為何要那麼做呢？」

史芬的疑問非常合理。

「按照您的推論……神龍大人根本沒有必要保護我們不受邪龍傷害不是嗎？姑且不論他使用了什麼樣的手段，就是他自己操控邪龍襲擊城鎮的吧？既然沒有襲擊，也就沒有保護的必要……」

「神龍根本沒有保護我們。他只是為了得到活祭品，自導自演罷了。」

史芬一頭霧水。

「神力的活祭品？請問這跟活祭品有什麼關係？神龍大人之所以食用活祭品，是為了獲得抵禦邪龍的力量吧？」

「史芬，我身為巫女，已經負責供奉他好幾年了。儘管我們也會獻上果實或穀物……現在回想起來，我幾乎沒有見過他食用那些東西的樣子。如果正如神龍大人所說，食用人類的行為是為了得到某種不可思議的力量，那麼神龍大人要從什麼地方獲得活下去的養分呢？」

「我想……應該是以朝霞為食吧。」

「哈！」

布倫希爾德身旁的法夫納笑了。那完全是看不起史芬的嘲笑方式。

這個男人不知道除了嘲笑以外的笑法。

而且，他很討厭笨蛋。

史芬用極度不悅的表情說：

「有什麼好笑的嗎？」

「不，我只是覺得你的發言令人莞爾罷了。」

「連我這個笨蛋也知道你的笑法不是那個意思。」

史芬幾乎要揪住法夫納的衣領。可能是因為性格正好相反，這兩個人經常發生衝突。

「我就趁這個機會講明白了。你沒有資格待在這裡。邪惡的男人，在你傷害西格魯德大人他們以前快滾吧。」

西格魯德出面制止史芬：「別動粗啊，你的力氣本來就很大了。」

布倫希爾德看著法夫納說：「你明明是我們之中年紀最大的人，這樣太幼稚了。」

「我失態了。」史芬表示退讓。

法夫納則保持沉默，沒有道歉。

兩人的爭執暫且落幕。

「回到正題。我能充分理解史芬的疑問。神龍是超乎常理的生物，我也無法斷言絕對沒有不須進食也能活下去的可能性。這個國家的大多數人都跟你持相同意見吧。可是，我總覺得這份神祕好像模糊了焦點。只因為『他是龍』、『他很神聖』，就將一切都合理化了。」

前幾天邪龍來襲的夜晚也一樣。

如果布倫希爾德站在神龍的立場試圖欺騙人類，就不會在巫女前來報告的夜晚發動襲擊，並在巫女登門道歉的時機讓邪龍撤退。因為這麼做等於在坦白自己有能力操控邪龍。然而他選擇在那個時機命令邪龍襲擊與撤退，可能是因為這種手段一直以來都很有效。先展現超乎常理的力量，再蒙上一層神祕的面紗，肯定就能讓人類停止思考。

在人們盲信神靈或超自然現象的時代，這招確實很有用。可是，現在科學已經有了一定程度的發展，懂得邏輯思考的人類也增加，當今並不是單以神力就能解釋一切的時代。

所以，布倫希爾德開始假設神龍也只是一種生物。

「神龍必須靠著吃人來活下去。神龍並不是為了得到守護城鎮的力量，而是為了獲得生存的養分才會吃人。從他不吃穀物或水果的行為來看，他恐怕只能從人類身上攝取營養。」

布倫希爾德露出悔恨的表情，氣自己為何沒有早點發覺。

史芬的臉色變得非常慘白。身為王國的人民兼虔誠的神龍信徒，這是很正常的反應。神龍大人竟然會吃人，而且理由就跟他們人類食用豬或牛一樣。自己不該抱有如此不敬的想法，光是思考就罪該萬死。

（神龍大人不可能跟我們一樣是生物。）

假如被其他信徒聽見，就算被當成異端處死也不奇怪。

「神龍為了活下去必須吃人。可是，光明正大地獵殺人類不是明智之舉。神龍再怎麼強大，終究還是會死亡的生物。倘若持續獵殺人類，他遲早會被打倒。所以，他才會建立不必狩獵也能吃人的方法，而這個國家就是成果。」

法夫納接著補充：

「為此，他需要將邪龍的威脅深植人心。目的是讓人們主動獻出活祭品，而且不會逃往遠離自己的地方，您是這個意思吧？」

布倫希爾德點頭。

西格魯德一臉苦惱地按著太陽穴。

「所以這個王國……是神龍大人的牧場嗎？」

布倫希爾德的眼裡帶有對神龍的反抗之意。

注意到這一點的史芬慌張地說：

「假設布倫希爾德大人的推論正確……我們又能做什麼呢？神龍大人能夠自由地創造邪龍，而且命令那些異常強大的怪物攻擊人類吧？就連我也只打倒了兩頭邪龍，面對能夠憑空創造邪龍的對手，我們根本沒有勝算。」

「不是憑空創造。」

布倫希爾德反駁。

「是從人類變成的。」

「……什麼？」

「儘管花了不少時間，我已經查到了。龍的鱗片有一種特性，就是能讓吃下鱗片的人類變成龍。鱗片的主人好像能讓他們執行簡單的命令。」

「相關內容就記載在這份文獻中。」

法夫納取出文獻讓其他人過目。史芬對此反駁道：

「這是很古老的文獻，其中或許有誤。」

布倫希爾德用眼神暗示法夫納。隨從微微點了點頭。

「他會證明給我們看。」

法夫納為了證明，走出房間著手準備。接著過了十分鐘左右，他回來了。

他的手上握著一條鎖鏈。

而鎖鏈的末端有一個人。這個男人遭到五花大綁，被法夫納拖了進來。

除了法夫納以外的人都啞口無言。

法夫納完全不理會一臉茫然的三人，從懷中取出一枚小小的鱗片。他舉高鱗片說：

「這是布倫希爾德大人在神殿撿到的神龍鱗片。我現在要讓他吞下這枚鱗片。」

「等一下，法夫納。」

布倫希爾德完全聽不進法夫納的說明。

「這是怎麼回事？」

「我說過了，這是龍的鱗片。」

「我不是說那個。」

布倫希爾德指著被鎖鏈拴住的男人。

「這個人是怎麼回事？你不是說過，不會讓別人吃下鱗片嗎？」

「是的，但他並不是人。」

「你在說什麼……」

「他屬於這個王國身分最低賤的階級——奧塔托斯。奧塔托斯人並不是人類。人們認為觸碰到他們就會沾染汙穢。」

奧塔托斯人的居住地與職業都受到嚴格的限制，而且不具備各式各樣的權力。以最極端的案例而言，就算殺死奧塔托斯人也不算犯罪。根據法律上的慣例，不問罪的理由在於「他們不是人」。

「是的。」

「你的意思是，因為奧塔托斯人不是人，把他們變成龍也沒問題嗎？」

「不行，不能做這種事。跟法律無關，奧塔托斯人也是人，當然不能把他們變成龍。」

「是嗎？我已經在奧塔托斯人之中挑選特別死不足惜的對象了……」

「沒有人死不足惜。就算是犯了重罪的人，也還有改過自新的機會……」

「布倫希爾德大人，請您仔細看看這個男人。」

布倫希爾德的目光落在男人身上嚇了一跳。

這個男人有些不尋常。鬆弛的嘴巴流出口水，眼睛也完全無法對焦。他用很小的聲音喃喃自語卻口齒不清，讓人聽不懂他在說些什麼。

「來到這棟宅邸之前，我曾是個暗殺者，來自奧塔托斯階級。」

奧塔托斯人能夠從事的職業很有限。因為沒有像樣的職業能做，他們必須承接骯髒的工作才能活下去。

「黑社會的人一旦犯錯，就得用身體償還。這個男人正是如此。我不知道他犯了什麼錯，但可以確定這是他受到制裁的結果。請容我隱瞞名稱，服下某種具有強烈幻覺作用的藥物就會變成這個樣子。對於付出性命也不足以償還的過錯，就經常使用這種藥物作為制裁。變成這副模樣的人會喪失心智，永遠無法恢復原狀。他會作著醒不來的惡夢到死為止。」

所以，他死了還比較好——法夫納接著說。

「我甚至已經拜託熟人，在我變成這個樣子的時候殺了我。」

布倫希爾德第一次見識到王國如此真實的黑暗面。不，不只是她，西格魯德與史芬也一樣。他們三人都出生在富貴階級，不論布倫希爾德與西格魯德是多麼為民著想的執政者，真正的黑暗面也遠遠超越他們的想像。

「如果即使如此，布倫希爾德大人還是想留這個男人一命，我就不會拿他來做實驗，但他也一心求死。」

「那只是你的想像吧……」

「不，並不是想像。因為我很清楚這種藥物的效果。」

「…………」

布倫希爾德又看了被鎖鏈拴住的男人一眼，期待他還保有某種溝通能力。即使只能感覺到一點點跡象，她也能認為這個男人還有救。

不過，結果是徒勞無功。待在這裡的是外表像人，卻被剝奪人性的生物。眼神深處什麼也沒有，空虛得甚至令人微微發寒。儘管內心裡明明知道這麼想很可恥，卻也不禁萌生生理上的厭惡感。

布倫希爾德經過一番漫長的心理掙扎，終於擠出聲音說：

「……快點讓他解脫吧。」

布倫希爾德從男人身上別開眼神說。

「我明白了。」

法夫納將鱗片塞進男人口中。

男人的身體立刻開始變化。他的肌肉波動著隆起，然後逐漸變大。雙手雙腳開始變粗，背上長出翅膀，上下顎則變得像鱷魚般又大又長，嘴裡的牙齒如小刀般銳利。

男人變成了一頭邪龍，外表正如前幾天襲擊城鎮的龍。

邪龍試圖攻擊布倫希爾德等人，卻無法活動。因為他的身上事先綑綁了好幾道鎖鍊。因為身體變大的關係，鎖鏈深深陷進龍肉之中，沒有任何部位能夠自由活動。

「這麼一來，就能證實神龍創造邪龍的手段了。」

沒有人反駁。他們根本沒有心思反駁。

西格魯德出聲呼喚：

「史芬。」

「遵命。」

史芬用長槍刺向邪龍的心臟。邪龍因此死去。

史芬擦拭長槍尖的血說：

「我以前就這麼想了，現在可以很確定地說──」

史芬瞪著法夫納。

「你這個人渣。」

西格魯德看著法夫納的眼神也很冷漠，帶著明顯的輕蔑之意。

現場只有布倫希爾德抱著複雜的心情。她陷入苦惱。

只有她能明白，這次的事是他試圖溫柔待人的結果。

假如是剛認識時的他，或許會認為只要能達成目的，犧牲誰都無所謂，因而隨便挑選任何一個人當實驗品。可是他這次選擇了能夠以死作為解脫的人。

這毫無疑問是一種溫柔。

卻非常扭曲。

布倫希爾德與法夫納對上眼，一時藏不住眼神裡的驚慌。雖然知道這是他試圖溫柔待人的結果，眼前發生的事情實在太令人震撼了。

法夫納很靈敏，似乎一看到布倫希爾德的眼神就知道自己犯錯了。

或許是自己的錯覺，但布倫希爾德覺得他的眼神看起來非常寂寞。

明明覺得只有自己應該認同他的努力，卻無法認同他的行為，這令布倫希爾德感到焦躁不已。

「……回到正題吧。」

布倫希爾德勉強重回正軌。不論是話題，還是心情。

「神龍能夠將人變成龍。他用鱗片創造出邪龍，命令他們襲擊城鎮。不打倒神龍，這個國家就無法脫離龍的統治。他會持續吃人。」

他們也無法逃往龍像的外面。試圖逃離神龍的行為全都違反規矩，恐怕會導致邪龍來襲，藉此殺雞儆猴。

群起反抗也很困難。神龍是王國守護者的思想已經深深滲透到全國人民的心中，就連前幾天的襲擊，人們也相信是神龍使用不可思議的力量擊退了邪龍。

「我要阻止神龍。」

西格魯德點頭。布倫希爾德一直相信他會點頭答應。

「我原以為活祭品是守護人民的必要犧牲，既然是設計好的圈套……身為王室成員就必須加以阻止。」

從龍的統治中解放王國──兩人擁有相同的志向。

法夫納不發一語，只是忠於隨從的職責。

唯獨史芬猶豫不決。因為他是四人之中最虔誠的模範國民。即使信仰對象已經被證實是邪惡的，他也很難從根本上接受這個事實。

只不過他雖然猶豫，卻沒有花費太多時間作決定。

「……我明白了。既然王子已經下定決心，我就應該奉陪到底。」

他並不是相信布倫希爾德的推論，也沒有完全拋棄信仰。

而是基於對西格魯德的忠誠，決定與神龍戰鬥。

於是，他們開始暗中擬訂神龍暗殺計畫。

布倫希爾德與法夫納必須收拾邪龍的屍體。

布倫希爾德一邊擦拭地板上的血跡，一邊開口呼喚：

「法夫納。」

「是，我明白。我會努力改善。」

他知道鱗片的實證方法並不恰當，應該受到糾正。

不過，布倫希爾德想說的話並不是責備。

「……你做得很好。」

出乎意料的一句話讓法夫納睜大小眼睛。

「我還以為您看不慣我的實證方法。」

「沒錯，我的確無法認同那種做法。那樣做是不對的。」

布倫希爾德明顯感到氣憤。聞言，法夫納就更不明白她為何要誇讚自己了。

「……就算如此，沒有人認同你的努力，也一樣是不對的。」

「這種時候……」

法夫納罕見地用缺乏自信的語氣說：

「對於您的認同，我應該說謝謝，才是正確的嗎？」

「不……我覺得不太對。反而應該由我向你道謝才對。畢竟你是為了我才會那麼做。」

布倫希爾德說：「謝謝你。」

聽完，法夫納覺得這果然是很困難的一句話。

神龍暗殺計畫只能由布倫希爾德等四個人來執行。

最糟的情況下，他們可能必須與神龍戰鬥。雖然他們其實很想增添戰力，卻難以召集人手。一旦坦言暗殺神龍的計畫，他們自己就會成為被追殺的目標。

既然要單憑四個人行動，就需要相應的準備，但他們並沒有太多時間。

自從艾蜜莉亞死去，已經過了一個月。

神龍要求再獻上七個人作為活祭品。

布倫希爾德編造適合的理由，爭取到一兩天的時間，但已經到了極限。

或許是太過飢餓了，神龍用強勢的語氣對前來神殿辯解的布倫希爾德說：

『倘若你們繼續輕忽我的要求，今晚恐怕還會有邪龍襲擊城鎮。』

（意思是不管有沒有違反規矩都無所謂了吧。）

布倫希爾德很想如此抱怨，但又吞回了肚子裡。

回到王宮的布倫希爾德對同伴們說起神龍的事。

「只要還有一天的時間……」西格魯德不甘心地說。他一直在嘗試從王宮的騎士中拉攏值得信賴的人作為同伴，卻來不及。假如現在不立刻獻上活祭品，有可能會觸怒神龍。一路觀察神龍至今的布倫希爾德非常清楚這一點。

「只能由我們四個人來打倒神龍了。」

「布倫希爾德大人，我反對。」

法夫納出言勸諫。

「乖乖接受神龍的要求，交出七名活祭品吧。那樣一來就能再爭取到一個月的時間，應該能成功說服騎士們。確保暗殺成功，最終才能減少犧牲者的數量。」

「法夫納，我絕對不會那麼做。」

布倫希爾德並沒有接受他的忠告。

「我再也無法視而不見。」

法夫納很順從地退讓了。他只會為主人提供選項。

「現在輪不到軍師閣下出場。」

史芬用諷刺的語氣說，邁步向前。

「請交給我史芬吧。我好歹也是被譽為王國第一的騎士。」

史芬握著長槍的手正在顫抖。布倫希爾德以為他在害怕神龍，然而並非如此。他的顫抖出自於鬥志。

史芬在眾人面前揮舞長槍。長槍就像四肢的延伸一般，活動得自由自在。

「我向這把長槍發誓，必定會取下神龍的首級。」

當天晚上，他們開始執行暗殺計畫。

布倫希爾德帶著活祭品前往神殿，一如往常地向神龍獻上祈禱。

於是，神龍現身了。即使在陰暗的神殿中，白色的鱗片依然散發微弱的光芒。

『我已久候多時，我的巫女啊。』

從聲音就能聽出他話中的煩躁。

『非常抱歉讓您久等了。今晚，我們已經帶著祭品前來。』

神龍的心情變好了。『很好。』

『我們將活祭品放在神殿外頭。不過，有件事還請您寬宏大量……』

『妳說說看吧。』

『由於日前邪龍來襲的混亂，我們只準備了三名活祭品。』

雖然神龍的心情明顯變差了，布倫希爾德在神龍回話之前接著說：

『不過，明天早上就能獻上剩下的四名活祭品。』

神龍似乎還能接受這個安排，於是將抱怨的話語吞回肚子裡。

『另外……我們過去都是將活祭品關在木籠中再交給您，由於現在城鎮正在重建，導致木材不足，沒能準備好木籠。我們改以堅韌的繩索綑綁了活祭品的手腳，還請您原諒……』

『好吧。這種小事，我當然可以原諒了。』

相較於活祭品變少的事，是否有籠子並不是什麼大問題。

布倫希爾德一離開，神龍便立刻走出神殿，前往放置活祭品的地方。

正如巫女所說，活祭品有三個人，而且並沒有關在籠子裡。

三名年輕男子的手腳遭到綑綁，同時坐在地上。

真稀奇。活祭品竟然不是小孩子，令神龍感到有些訝異。儘管以往的祭品都是小孩子，這並不是出於神龍的要求。之所以選擇小孩子作為祭品，是基於人類方的考量。小孩子沒有力氣，而且容易哄騙，正好適合當作活祭品。

所以，神龍一點也不介意祭品是大人。

（重點在於吃下七個人。）

神龍開始挑選適合第一口吃下的活祭品。他選了看起來最美味的肉，也就是一名帶著陽光般髮色的青年。

神龍張開血盆大口，試圖吞下被綑綁的青年。

可是神龍並不知道，他正是天下無雙的騎士——史芬。

「噗滋」一聲，貫穿血肉的聲音響起。

神龍搞不懂發生了什麼事。

他轉動眼睛一看，發現一把長槍插進了自己的口中。是自己正要啃食的男人刺傷了他。

史芬只是假裝被綑綁，手腳其實可以自由活動。他用沙子與枯葉蓋住武器，將長槍藏在身邊。

另外兩個男人是西格魯德和法夫納。確認戰鬥開始後，他們趕緊遠離。

他們跟躲在樹叢中觀望情況的布倫希爾德會合。他們三個人不會加入戰鬥。史芬說半吊子的戰鬥技術只會妨礙他。

神龍大幅後仰並開始呻吟，被貫穿的喉嚨連哀號都無法順利發出。在布倫希爾德等人的眼裡，奇襲似乎大獲成功。

不過，史芬咬緊了牙關。

（長槍尖被錯開了。我原本想用一擊貫穿他的大腦……）

原因在於神龍使用的法術。他在危急之際使出的幻術讓史芬原本精確無比的長槍失準了。貫穿上顎的長槍只掠過了大腦。

神龍發出怒吼撲向騎士。

接下來展開一場神話般的戰鬥。

龍吐出的火焰、利爪和巨尾，都具備一擊必殺的威力，但真正可怕之處並不在這裡。神祕的龍善於使用祕術。

他們能用幻術迷惑他人，憑空召喚蛇來纏繞男人的手腳，甚至用詛咒摧毀心智。普通的騎士毫無招架之力。

然而史芬露出無所畏懼的笑容，汗水沿著下顎滴落到地上。

（假如是普通騎士——）

相對之下，這個男人並不平凡。

眼睛看不見就使用心眼，他在半空中斬殺試圖纏繞手腳的無數條蛇，並以心如止水的精神抵抗迷惑自己的詛咒。

而且，這個男人所持的長槍並不尋常。

那是一把魔槍。據說它曾經貫穿大英雄的心臟。

即使衝撞龍牙也不會缺角，翻轉刀刃時甚至能彈開龍的火焰。

在這個時代，人與神性的距離仍然很近。

因此存在受到精靈或天使庇佑的武器。

長槍尖如流星般閃爍，碎裂的鱗片點綴夜空，綻放出鮮血之花。

猛烈的攻擊始終沒有停歇。布倫希爾德等人絲毫沒有介入的餘地。

戰鬥大約持續了一個小時。

神龍終於隨著一聲巨響倒地不起。

躲在一旁觀看的西格魯德發出小聲的嘆息。

史芬獨自一人打倒了神龍。

看似如此。

史芬的身體猛然一晃。繼神龍之後，史芬也倒了下來。

「史芬！」

西格魯德不顧布倫希爾德大喊「危險！」的聲音衝了出去。

西格魯德奔到史芬身邊。

即使是手持魔槍的騎士，龍仍然是難以應付的對手。他的強壯肉體到處都是傷口，甚至已經沒有力氣站起來。

「將頭……」

史芬氣喘吁吁地說：

「將頭……砍下來。」

神龍還沒有死去。龍這種生物具有極高的再生能力，遲早會重新站起來。

西格魯德拔出自己的佩劍。

頸部的鱗片在史芬的奮戰之下碎裂，露出了皮肉。這麼一來，就能斬斷神龍的脖子了。

「喝！」

他發出高亢的吶喊，同時揮劍。銳利的刀刃陷進肉裡，卻在中途停止。

傷口癒合的力量將刀刃推了回來。光靠西格魯德一個人的力量稍嫌不足，他的內心湧現焦慮。

不過，另一雙白皙的手放到了西格魯德握劍的手上。

布倫希爾德趕了過來，與他一起壓住劍。雖然她的臂力很弱，卻令人安心。

在她的幫助之下，刀刃開始慢慢往下沉。彷彿以力量交鋒，兩人持續壓著劍。

鮮血從神龍的傷口噴出，像酸一樣腐蝕了布倫希爾德的肌膚。這些血受到了詛咒，灼熱感讓她差點放開劍，她憑藉意志力撐住了。

（我們必須做到……！）

現在是千載難逢的好機會。錯過這次的機會，神龍肯定會對人產生戒心。自己恐怕會因為背叛神龍的罪名而被處死。這個國家的人民下次不知何時會再發現關於龍的真相。那個時候來臨之前，恐怕會有無數的孩子成為龍的口下亡魂。

布倫希爾德很理性，有時會因此而顯得冷酷。

不過本質正好相反。

她對他人的痛苦能夠感同身受，而且為此表達氣憤。

儘管刀刃移動的速度很慢，卻確實前進著。

最終有了回報。

刀刃斬斷骨骼，將龍頭砍下。

瀑布般的黑色血液從斷面流出。這些血滲入地面，使山丘上的草木枯萎。

布倫希爾德癱軟無力，放開了劍。雙手又麻又痛，已經再也握不住了。

可是內心有種舒暢的成就感。

（這樣一來……就不會有人再被吃掉了。）

放心的感受幾乎令她腿軟，朝西格魯德的方向踉蹌。西格魯德的手抱住了布倫希爾德的肩膀。

「對不起，我一時站不穩……」

布倫希爾德在西格魯德的懷裡仰望著他。

然後察覺不對勁。

不知為何，西格魯德俯視著她的眼神帶著明確的憤怒與憎恨。

西格魯德用力將布倫希爾德推開，使她一屁股跌坐在血海之中。

「你、你在做什麼……！」

話語停頓在這裡。

因為布倫希爾德聽見「咻」的一聲，視野的一半隨即化為黑暗。

遲了一瞬間，她才感受到灼燒般的痛楚。

右眼好熱。

「啊啊！」

布倫希爾德不禁按住右眼。

她那隻黑曜石般的美麗大眼被殘忍地砍成了左右兩半。鮮血從按住眼睛的手指之間流了出來。

揮劍的是西格魯德。

自己被西格魯德砍傷了。

為什麼？

「西、格魯德……？」

布倫希爾德仍然處於極度慌亂的狀態。

西格魯德用冰冷的語調說：

「妳太囂張了，犯下屠龍大罪的傢伙。」

布倫希爾德有生以來第一次體會到頭腦一片空白的感覺。

「什麼？為什麼？」

她只能像個孩子反覆表達疑問。

西格魯德高舉手中的劍。即使看見這個舉動，即使自己已經被砍傷，布倫希爾德仍然不認為他會用那把劍砍向自己。

劍柄擊中布倫希爾德的頭，發出沉悶的聲音。

視野落到與地面相同的高度，意識遭到黑暗吞沒。

恢復意識的時候，布倫希爾德已經被關進看似地牢的地方。這裡只有石造的牆壁與粗糙的床鋪，布倫希爾德就躺在床上。

牢裡只有她一個人。法夫納、史芬和西格魯德都不在。

布倫希爾德不知道自己為何會待在這種地方。

牢房對面有一名看似獄卒的騎士。從這裡能看見他將一串鑰匙收進懷裡。

布倫希爾德從床上起身，接著呼喚牢房外的獄卒。

「我說你，快放我出去吧。我是龍巫女布倫希爾德。」

布倫希爾德想儘早見到西格魯德，了解事情經過。

感覺很熱。不快點處理的話，這份熱度就難以忽視。灼燒右眼的熱度。

然而，獄卒用不屑的態度對布倫希爾德說：

「閉嘴，屠龍女。」

他的用字遣詞很粗俗，對身處特權階級的布倫希爾德相當無禮。布倫希爾德這才明白自己已經不是巫女，而是罪人了。

「我跟你談也沒有用，叫西格魯德王子過來。」

獄卒發出一個嘲諷式的笑聲。

「王子？就是他把妳關進大牢的耶。」

「不可能！」

布倫希爾德大叫。

「其中肯定有什麼誤會！」

「誤會？」

獄卒露出不懷好意的笑容指著布倫希爾德的右眼。

「那妳的右眼是怎麼回事？」

布倫希爾德立刻按住自己的右眼。

她不想被說到這個痛處。

因為她還想相信這只是自己搞錯了。

不管多麼疼痛、多麼炙熱，甚至只剩一半的視野。

西格魯德都不可能對我揮劍。

「不對！我什麼事也沒有！」

可是好痛，傷口好痛。因為按得太用力，紅色的眼淚從指間溢出。

疼痛讓布倫希爾德深切認知到。儘管再怎麼不願承認，身體也明白。

布倫希爾德假裝沒有察覺，大聲叫道：

「拜託，讓我見西格魯德。只要談談就能解開誤會了。」

「既然妳這麼想見他，就等到七天後的處刑日吧。」

「處……處刑……」

布倫希爾德用沙啞的聲音說：

「是誰……要被處刑？」

「除了妳還有誰啊，真是個笨女人。」

獄卒說。

「西格魯德大人會以屠龍的罪名，親自將妳處死。」

布倫希爾德用雙手抓亂頭髮，搖搖晃晃地往後退。

我不懂。

我不懂，我不懂，我不懂。

自己為何會陷入這種狀況？

然而，即使腦中一片混亂，也有一件事是確定的。

自己被西格魯德背叛了。布倫希爾德再也無法假裝沒有察覺。

「不……」

自己一直很相信他。

「不——」

一直把他當作知心好友。

「————————————————————！」

尖叫聲響徹地牢。從布倫希爾德平時冷靜的模樣實在難以想像，她竟然會如此發狂。

待在另一間牢房的法夫納也聽見了布倫希爾德的尖叫。

不過，她馬上就安靜了下來。剛才有某種毆打般的沉悶聲音，所以應該是獄卒用暴力讓她閉上了嘴。可是過了一陣子，她又開始尖叫了。接著又響起使用暴力的聲音。

法夫納事不關己地聽著，同時心想：

（布倫希爾德大人，假如您可以恢復平時的思考能力，應該能想到好幾種離開這裡的手段才對。）

儘管如此，法夫納也明白她為何會發狂。

布倫希爾德對西格魯德很有好感。只要是有人性的人，就無法忍受被自己信任的對象背叛。這樣的情況令人難以保持冷靜。這一點，就連沒有人性的自己都想像得出來。

既然如此，現在就應該由能夠保持冷靜的自己來代替主人思考。

時間過了三天。連續幾天響徹地下室的尖叫聲停止了。

或許是耗盡體力，或者是被綁上了口銜。

不過法夫納並不會因為擔憂布倫希爾德的安危而焦慮。

（死刑的執行日已經確定了。）

反過來說，這就表示直到執行日為止，性命都能得到保障。所以他不僅不焦慮，反而感到安心。

安心地等待時機來臨。

時間過了四天。

獄卒來到法夫納的牢房前。

法夫納完全沒有碰獄卒送來的食物。

「受不了，真是個麻煩的傢伙。」他先是這麼咒罵，然後走進法夫納的牢房。

「你也學學你主人吧。不吵鬧一下就太無聊了。」

自從入獄以來，法夫納始終沒有移動。他一直都躺在半腐朽的木製床架上，簡直就像一具屍體。

所以，獄卒只好餵他吃飯。法夫納也會跟布倫希爾德在同一天被處死，獄卒不能讓他現在死去。

獄卒扶起法夫納。法夫納就這麼任由他擺布。

獄卒低頭看了法夫納一眼心想：「這傢伙沒救了。」

他的眼神非常空洞。獄卒認為他可能跟主人一樣，因同伴背叛自己的事而大受打擊，所以才會連活動的力氣都沒有。變成這個樣子就幾乎是行屍走肉了。

獄卒一如往常地開始進行將食物塞進法夫納口中的工作。

法夫納一直在等待他大意的這一刻。

因為從小就見過許多眼神陰暗的人，法夫納很擅長擺出這種眼神。

像屍體般一動也不動的法夫納迅速活動右手。

法夫納的指甲插進獄卒的右眼，將它挖了出來。

面對突然動起來的法夫納，獄卒根本來不及反應。

獄卒的慘叫響徹監獄。然而，聲音很快就停止了。

因為法夫納拔出獄卒腰上的短劍，毫不猶豫地砍向他的脖子。

獄卒按著脖子倒下，沒有當場死亡。法夫納因為舊傷的關係，身體無法隨心所欲地使力。假如是以暗殺為業的時候，他已經殺死對方了。

法夫納從失去抵抗能力的獄卒身上找出鑰匙串，作勢前往布倫希爾德身邊。不過，踏出牢房之前，他開始思考關於獄卒的事。獄卒流出大量的血，正在地上掙扎。別說是站起來了，他連聲音都無法發出。再這樣下去，他只能慢慢等待死亡到來。

法夫納想起被變成龍的實驗品。

那個男人已經被西格魯德的隨從處理掉了。那麼這個傢伙——

（或許還是處理一下比較好。）

法夫納在獄卒面前蹲下。

然後用短劍往他的脖子深深砍了一刀。獄卒發出一聲低沉的呻吟便死去。

讓他忍受漫長的痛苦就太可憐了。

遇見布倫希爾德以前的自己根本不會想做這種事——法夫納無意間心想。

他走出牢房尋找布倫希爾德。

發現法夫納跑出牢房，一部分的囚犯開始躁動起來。如果他們太過吵鬧，有可能會引來別的獄卒。

「閉嘴。只要你們安靜一點，我也會放你們出來。」

這麼說著，法夫納秀出手上的鑰匙串。這招的效果奇佳，粗野的囚犯們都安靜了下來。這麼一來應該可以暫時安心了。不過他們畢竟是粗野的囚犯，下次不知何時會再躁動起來。

法夫納加快腳步，但冷靜地尋找主人。

然後他找到了。

布倫希爾德就躺在床架上。

法夫納將鑰匙插到門上。她明明聽見了聲音，卻連一點反應也沒有。她的眼神恍惚，不知道在看著什麼地方。這跟法夫納為了欺騙獄卒而假裝行屍走肉的模樣不同，她的心似乎真的失去了生命力。

法夫納解開門鎖，走進牢房抱起布倫希爾德的身體。

明明才分開四天，她卻已經變得面目全非。身體就向枯枝一樣輕，而且到處都是新的傷口。就算獄卒使用暴力讓布倫希爾德閉嘴，應該也不至於傷得如此嚴重。她恐怕是被獄卒當

成了玩具。

對此，法夫納並不感到憤怒。大概是因為自己早就在黑社會看慣這種情況了——法夫納決定這麼想。

他把為了讓布倫希爾德安靜而塞在她嘴裡的布拿出來。到了這個時候，布倫希爾德才終於注意到法夫納。

「法夫納……？」

「是的，我來救您了。」

然而布倫希爾德開始掙扎，試圖遠離抱著自己的法夫納。可是，衰弱的她甚至沒有力氣抵抗肢體有障礙的法夫納。

「放開我！你才不是來救我的！你也想背叛我吧！」

法夫納判斷她正處於精神錯亂的狀態。布倫希爾德持續掙扎著。

「你其實也討厭我吧！」

「那是不可能的。」

聽到他立刻如此斷言，布倫希爾德頓時停止抵抗。

「即使您拋棄我，我也絕對不可能拋棄您。」

布倫希爾德陷入沉默。

然後，她用微弱的聲音簡短地說：

「……所以，我可以相信你嗎？」

「是的。」

「我可以依賴你？」

「隨從就是為此而存在。」

布倫希爾德緊緊抓住法夫納的衣服，用顫抖且沙啞的聲音說：

「拜託你，救救我。」

「是的，我的主人。」

兩人逃出牢房。

布倫希爾德在法夫納的攙扶之下，往出口走去。

離開地牢之前，囚犯對法夫納叫道：

「你不是說要放我們出去嗎！」

法夫納將鑰匙串扔到牢房外……囚犯盡力伸長手臂也搆不到的地方。囚犯就像飢餓的狗一樣，拚了命地朝鑰匙伸出手，抓著地板。法夫納並不是想作弄對方，才故意丟到他搆不到的地方。

法夫納有個策略。雖然他會放囚犯自由，卻不是現在。他還需要一點時間。

兩人抵達通往樓上的階梯。樓梯間有獄卒正在看守。法夫納小心翼翼地扶著布倫希爾德坐到地上，然後如影子般接近獄卒，悄無聲息地殺了他。法夫納使用從別的獄卒身上搶來的短劍，從鎧甲的縫隙間貫穿對方的頸部。

殺人的時候，他不會猶豫。

他的眼神已經變回生活在黑社會時的模樣。

布倫希爾德從背後走了過來，從死去的獄卒身上拿起武器。她打算為了逃獄而戰。不過，這幾乎只是一種形式。衰弱至極的她根本沒有能力戰鬥。

現在的法夫納非常不擅長體力勞動。因為舊傷的關係，他缺乏肌力和體力。即使無力的自己拿起劍，跟弱不禁風的主人一起戰鬥，也不可能順利逃出王宮。

「既然如此……」法夫納心想，對布倫希爾德低下頭。

「主人，請原諒我的無禮。」

法夫納扔出的鑰匙串落在囚犯不論將手伸得多長，都還要差一點才搆得到的地方。囚犯為了拿鑰匙，努力了一段時間都徒勞無功，看不下去的其他囚犯於是說：

「用道具！用道具就能拿到了！」

「有的話我早就用了！」

牢裡沒有任何囚犯的個人物品。

可是另一個囚犯說：

「你不是還有衣服嗎！」

聽到這句話，囚犯才恍然大悟。他脫下上衣拿在手上，抓著衣服朝鑰匙伸出手，衣服的前端便稍微觸碰到鑰匙了。他用衣服代替棍棒，將鑰匙拉過來。重複同樣的動作好幾次之後，鑰匙漸漸靠近囚犯，終於能夠用手搆到了。

囚犯總算取得鑰匙。

「嘿嘿……」

他正在轉開門鎖時，其他的囚犯也叫道：

「喂！也幫我開門吧！」

走出牢房的囚犯原本打算不理會那些聲音直接逃走，但又改變了主意。

越多人一起逃走，自己能成功脫逃的機率豈不是更高嗎？

「這份人情可不便宜喔。」囚犯說著，接二連三地放出其他同伴。

眾多囚犯一口氣往王宮外跑去，幾乎可以算得上暴動了。王宮的騎士立刻察覺異狀，出面鎮壓。

「所有囚犯！給我乖乖就逮！」

騎士們抓住一個個逃脫的囚犯，將他們帶走。他們不一定會被帶回原本的地牢。由於並不是逮到一個人就結束了，必須立刻去追捕其他囚犯，騎士們暫時將囚犯關在附近的小房間裡，或是將他們綁起來。

所以，其中兩個人看起來一點也不突兀。

——身穿騎士服裝的陰沉男子帶著一名憔悴的女囚犯往某處走去。

他們倆要去的地方不是小房間或地牢，而是王宮外。

兩人正大光明地經過其他騎士面前逃離現場。

他們穿過王宮的庭園，朝大門前進。為求謹慎，他們不是走正門，而是走後門。所幸守門人也都已經去追捕囚犯了。

身穿騎士服裝的男人對女囚犯低聲說：

「雖說是假扮他人，我竟然做出對主人不敬的舉動，非常抱歉。」

身穿騎士服裝的男人是法夫納。

女囚犯則是布倫希爾德。

法夫納穿上自己殺死的獄卒頭盔與鎧甲，假裝逮到布倫希爾德，與她一起逃走。雖說是假扮他人，法夫納還是不願意以上對下的態度對待主人，但也不能讓布倫希爾德來穿男人的衣服，所以只能由法夫納來扮演騎士。

後門外有一片草原般的綠地，空氣既純淨又冰冷。法夫納護著布倫希爾德繼續前進。

兩人已經離開王宮一段距離。到了這裡，幾乎可以說安全了。王宮的士兵很少會來到這裡。白天可能會有偷懶的士兵在樹下睡午覺，不過現在是夜晚，不可能有人出現在這裡。

然而——

「喂。」

有人出聲呼喚。法夫納咬緊牙關。

兩人所走的道路兩旁種著樹木，有個士兵在樹下休息。

法夫納原本想假裝沒聽見繼續前進，卻事與願違。

「站住。你身為王宮士兵，想跑去哪裡？」

從他說話的方式聽來，應該屬於高階的騎士。

（為什麼偏偏挑這種時候待在這種地方……）

腦袋再怎麼靈光，也無法應付惡運。

腳步聲與鎧甲碰撞的聲音從背後傳來。

「那個女人是囚犯吧？你為什麼帶著囚犯在外面走動？」

「……上頭命令我將這名囚犯移送到別的牢房。」

法夫納嘴上這麼說，卻也覺得這個藉口很牽強。這也難怪，畢竟是為了避免沉默而隨口編造的謊言。法夫納一邊說話，一邊思考著克服危機的方法。

「我可沒聽說有這回事。就算有……會選在半夜移送嗎？」

聲音中帶著明顯的不信任感。

腳步聲停了下來。這表示騎士正站在兩人的背後。

從背後可以感覺到明確的敵意。

布倫希爾德從懷裡拔出短劍準備開戰。不過，對方是接受過正規訓練的騎士，而且正對兩人抱有戒心，當然沒有破綻。

布倫希爾德的手正在顫抖。法夫納認為她在害怕。

「女人，轉過來面對我。」

騎士正要將手放到布倫希爾德的肩膀上。

「危險！」

法夫納大叫。

「這個女人感染了瘟疫。只要碰到她……不，光是靠近就會被傳染。之所以選在半夜移送，就是為了避免跟他人接觸，減少傳染的風險。」

法夫納感到緊張。如果這個理由不管用，那就完蛋了。

「……這樣啊。」

騎士思考了一下，然後這麼說：

「既然如此就早說啊。你也要小心，別被傳染了。」

來自背後的敵意消失，腳步聲逐漸遠離。

法夫納鬆了一口氣，跟布倫希爾德一起繼續往前走。

布倫希爾德將手中的短劍收回劍鞘裡。

不過，她沒能順利收好。

劍尖撞到了劍鞘。布倫希爾德的手連這陣小小的衝擊都無法承受。劍從布倫希爾德的手中脫離，往地面墜落。

布倫希爾德當時拿著短劍的手正在發抖，法夫納原以為是因為害怕。

可是他錯了。

真正的原因是體力到了極限。傷痕累累的手甚至無法好好握住劍。

法夫納試圖接住短劍，卻搆不到。

「鏗」的一個高亢聲響劃破了夜晚的寂靜。

短劍不幸地撞上路旁的石頭，然後旋轉著滑向騎士的腳邊。

法夫納再次感受到敵意，而且是比剛才還要強烈許多的敵意。逼近而來的沉默壓力令他喘不過氣。

「……為什麼囚犯會帶著劍？」

法夫納根本想不到能如何辯解。

腳步聲從背後逼近，騎士正朝著兩人走來。

——只能殺掉他了。

法夫納裝扮成騎士的模樣，所以也帶著劍。他打算拔劍，在轉身的同時一劍砍向對手。

不過，他馬上就被制止了。這名騎士用熟練的動作重擊法夫納的手。強烈到令人懷疑是否骨折的痛楚襲向法夫納。他連拔劍都辦不到。

回過頭的法夫納與騎士四目相交。

「你是……」

騎士原來是史芬。金黃色的髮絲在夜晚的黑暗中依然閃耀。

「你怎麼會在這裡……」

法夫納試圖在史芬驚訝的時候想辦法逃脫，但沒有一種方法可行。

對方是史芬這點，是法夫納所能想到的最糟狀況。

（我還在想他為何沒有被關起來，沒想到他還保有騎士的身分。）

他是西格魯德的第一騎士，對主人的忠誠堅定到近乎盲信的地步。就算西格魯德叫他去死，他也會乖乖照辦。既然西格魯德成了布倫希爾德的敵人，史芬也毫無疑問是敵人，根本不可能說服他。

面對能與神龍戰到兩敗俱傷的對手，想用武力強行突破更是難上加難。

「那個女人是布倫希爾德大人嗎……」

法夫納將布倫希爾德推到自己背後。

「……沒錯。」

布倫希爾德試圖蹲下來撿起短劍。不過，她只能做到這個動作。

她連站起來的力氣都沒有。不管她多麼用力，纖細的雙腳都只會顫抖。

「你們想逃離西格魯德大人嗎？」

史芬瞪著法夫納。

天下無雙的騎士舉起魔槍。刀刃散發著無情的光芒。

到此為止了。

他們倆恐怕會被抓回牢裡，或者被當場殺掉。

法夫納思考是否有策略能讓布倫希爾德獨自逃走，卻發現一件奇妙的事。

史芬的臉上浮現苦悶的表情。

過了不久，史芬說出令人難以置信的話。

「……樹下拴著一匹馬。」

他這麼說，轉身背對兩人。

「為什麼……」

法夫納知道他想放過自己。可是，他不懂西格魯德的第一騎士為何要放過自己。

「我現在沒有接到西格魯德大人的命令。快給我滾！」

因為憤怒，他握著魔槍的手正在顫抖。

倘若不儘早離開，難保他不會改變心意而發動攻擊——法夫納如此判斷。

他護著布倫希爾德走向樹下。兩人騎上拴在樹下的栗色馬匹，逃往夜晚的城鎮。半夜騎馬是很危險的事，但現在顧不了那麼多了。

史芬始終背對著兩人。

法夫納駕著馬匹前進，同時思考著關於史芬的事。

史芬為何會興起那樣的念頭？為何會露出那麼為難的表情？

即使沒有接到西格魯德的命令，他應該也知道放過這兩個人會對西格魯德不利。他跟西格魯德之間發生了什麼事嗎？

（……這不是我現在應該思考的事。）

現在的當務之急是找到安全的地點。

法夫納的背後有布倫希爾德。她用雙手緊抓著法夫納，力道相當強。如果只是想避免從馬背上摔落，她明明不需要抓得這麼用力。

「現在那些騎士應該正忙著搜索我們，我會帶您前往他們找不到的藏身處。那裡是狗窩般的地方，還請您忍耐。」

布倫希爾德沒有回應。

黑暗中，只聽得見馬蹄蹬著地面的聲音。

法夫納帶著布倫希爾德來到一間庶民取向的餐廳。

生銹的招牌上寫著「貝倫的店」。

店內有些髒亂，看起來甚至不像有在供應正常的料理。

老闆出面迎接兩人。他雖然是個體態豐腴的男性，卻沒什麼親和力。除了額頭上的傷疤以外，類似法夫納的無神雙眼更是帶著某種距離感。

「哦，這還真是稀客。」

老闆瞇起眼睛看著法夫納。

「你不是已經金盆洗手了嗎，法夫納？」

「我想請你讓我們暫時躲一陣子。」

「……真拿你沒辦法。」

老闆沒有詢問原因便一口答應。

老闆帶著兩人來到一個骯髒的房間。話雖如此，這裡還是有最低限度的家具，所以總比地牢豪華多了。

「很抱歉，只有這個房間還空著。我可不能因為老交情就特別通融。」

「有一個房間就夠了。」

老闆離去後，房間裡只剩下布倫希爾德與法夫納。

這裡並不是普通的旅館兼餐廳。

而是有隱情之人的藏身處。

這裡主要的收入來源不是販賣料理，而是供人躲藏、安排無照醫師看診、介紹暗殺者等職業、銷售對身體不好的藥，以及買賣外界無法取得的情報。

只要待在這裡，就不會被騎士團發現。旅館的一部分收入會以個人收益的名義，流入騎士團長的口袋裡。

法夫納身上並沒有錢，但這也不成問題。生活在王國的黑社會時，法夫納曾做過好幾次有利於這家旅館的行為。這次正好能動用當時賣的人情。奇妙的是，黑社會的人比正常人更重視信賴關係。想必是因為背叛他人時所受的制裁，比光明的世界還要殘酷。

法夫納原以為布倫希爾德會問起關於旅館的事。

但她什麼都沒有問。

她似乎已經一點思考能力也不剩了。

茫然自失的她只散發著濃濃的無力感。

她緊握著法夫納的衣服下襬，就像個什麼也辦不到的孩子。

這副模樣實在令人心痛。

照料的日子開始了。

法夫納替空殼般的布倫希爾德擦拭骯髒的身體、包紮傷口，並餵她吃飯。

用湯匙舀起湯送入布倫希爾德的嘴裡時，法夫納心想——

過去也曾發生過這種情況。

當時的角色正好相反。

年幼的布倫希爾德照料瀕臨死亡的自己。

他作夢也沒想到，竟然會有情況翻轉的一天。

一到晚上，布倫希爾德就會陷入幾乎精神錯亂的狀態。

她似乎很害怕睡覺。正確來說是害怕自己會在睡著的期間，被法夫納拋棄的樣子。遭受背叛的經歷成了嚴重的心理創傷。

閉上眼睛的期間，如果沒有法夫納的觸碰，布倫希爾德就會感到不安。所以要確保布倫希爾德的睡眠品質，就只能由法夫納陪在身邊。

法夫納原本很排斥跟布倫希爾德一起睡覺。他覺得像自己這樣的人還是不碰為妙，而且很不擅長與他人接觸。

不過，因為知道肢體接觸可以幫助她入睡，甚至撫慰她的心靈，法夫納決定陪著她。他知道該如何對待內心受傷的人。

不論精神多麼錯亂，布倫希爾德只要有法夫納的觸碰就能穩定下來，充滿安全感的睡臉就像嬰兒一樣。

法夫納細心地照料著布倫希爾德，從來不曾對幾乎沒有反應的她抱怨，或是感到厭煩。儘管如此，這並不是因為他很溫柔，單純是他很擅長單調的工作罷了。

然而，從旁人眼裡看來十分盡心盡力的照料，成功讓布倫希爾德的心恢復了平靜。

過了一個月以後，布倫希爾德終於開口說話了。

「……你真的救了我。」

法夫納沒有表現出驚訝的樣子，只是回答：

「我應該一開始就說過了，我會救您。」

布倫希爾德對他道歉。

「我當時還不相信你，對不起。你明明沒有做什麼壞事。」

西格魯德的背叛使得布倫希爾德變得極度不信任他人。這名少女過去明明能信任他人，毫不猶豫地對有困難的人伸出援手。

「關於西格魯德的事，我有個想法。」

法夫納說起這一個月來，自己一直在思考的事。

「向他復仇吧。」

這是法夫納考慮到布倫希爾德所得出的結論。

「我會親自下手，不會弄髒您的手。」

法夫納搶先這麼說。他很清楚布倫希爾德不可能殺人。

「只要您一聲令下，我立刻就會行動。」

暗殺方法多得是。法夫納實際上也曾經暗中奪走國家政要的性命。他過去生活在王國的黑社會，這才是他的本分。

「謝謝你願意為我做這麼多。」

法夫納以為自己終於可以用這份能力為主人效勞了。

「可是，我不會命令你那麼做。」

這個答案出乎他的意料。他見過的大多數人一旦受到傷害，就會渴望復仇。

「您的右眼不痛嗎？」

布倫希爾德的右眼被西格魯德劃傷了。她伸手觸碰現在用眼罩遮住的眼睛。

「我的右眼很痛。」

「既然如此──」

「可是──」

她接著說出口的話，完全出乎法夫納的意料。

「即使如此，我還是喜歡他。」

法夫納不明白這句話的意思，停止了思考。

「即使被傷害，而且差點喪命，您還是這麼想嗎？」

法夫納一直以為，因此而討厭對方才是自然的心理反應。

「您都不會感到怨恨或憤怒嗎？」

「會呀。不過，我並不會想要傷害他。」

「因為您喜歡他？」

聽見法夫納這麼問，布倫希爾德點了點頭。

「我想知道他為什麼背叛我，可以的話想再跟他談談。但是，現在光是這麼做都很危險。所以，已經沒關係了。」

布倫希爾德露出傷腦筋的微笑。

「今後，我會偷偷生活在黑社會。我也得學會做些壞事，你能教我嗎？」

「……好的。如果是布倫希爾德大人，很快就能學會了。」

她應該學得會，但無法實踐吧——法夫納這麼想。

那天晚上，法夫納注視著沉睡的布倫希爾德開始思考。

思考布倫希爾德不向西格魯德復仇的理由。

因為喜歡他。

因為喜歡他，所以不想傷害他。明明抱有怨恨與憤怒，卻不想復仇。

真是難以理解的感情。

還有另一件事令法夫納難以理解。

那就是自己從牢裡救出布倫希爾德的事。

這一個月來，法夫納一直在思考自己為何要救她。不過，他無法解釋自己的行為。

如果只是不想被處死，單獨逃走即可。

可是為什麼？

第一次見到她的時候，自己明明對她的言行舉止感到煩躁。不，至今仍然如此。雖然已經習慣了她所謂的溫柔，煩躁感並沒有消失。

自己為什麼要幫助會讓自己感到煩躁的女孩呢？

如此難以理解的行為，或許能用這種方式來解釋。

（假如我喜歡她——）

據說喜歡是一種無法以邏輯解釋的感情。所以，它也能用來解釋難以理解的行為。雖然可以解釋——

如果自己真的喜歡布倫希爾德，不是應該在她受到傷害時陷入慌亂嗎？

法夫納無法否認其中的矛盾。

貝倫的店所提供的食物再怎麼說也算不上營養，布倫希爾德的身體狀況卻漸漸好轉了。精神方面的穩定是最大的原因。

逃獄後過了兩個月，現在已經沒有必要隨時照料布倫希爾德了，所以法夫納開始透過老闖蒐集各式各樣的情報。

也蒐集了關於西格魯德的情報。

因為法夫納沒有忘記，布倫希爾德曾經說過想知道西格魯德陷害自己的理由。

結果，他得知布倫希爾德入獄之後，西格魯德就立刻登基為王了。上一任國王已經因不明原因而死。

布倫希爾德的家族遭到廢黜，她的家臣們陷入流落街頭的窘境。

「他似乎靠著關押身為巫女的布倫希爾德大人，當上了這個國家的最高掌權者。」

巫女擁有非常特別的地位，能夠透過神諭、占卜和預言，向國王提出建議或忠告。由於巫女消失，他得以成為獨裁者。

「成為這個國家的最高掌權者，說不定就是西格魯德的目的。因此，他才會除掉礙事的巫女。」

「所以他才讓身為巫女的我背負屠龍的汙名嗎？」

若真是如此，西格魯德肯定從小就一直看自己不順眼了。

「我真蠢……完全沒有發現。」

別說是發現了，自己甚至把他當成最值得信賴的其中一個人。

就連現在也……

「但是，在我看來……」

法夫納說到這裡便停頓。

「你把話說完呀。」

「……在我看來，西格魯德並不像厭惡布倫希爾德大人的樣子。只不過，這就表示我有眼無珠。那個男人恐怕遠比我所想像的還要狡猾。」

「……是呀。」

（我也不認為，他想保護人民免於神龍迫害的態度是在演戲……）

「……法夫納，我能問一個顯而易見的問題嗎？」

「什麼問題呢？」

「向神龍獻上活祭品的習俗，已經停止了吧？」

布倫希爾德殺了神龍，獻祭的習俗當然會停止。

不過，布倫希爾德本身在屠龍之後就直接遭受囚禁，所以不知道實際狀況究竟是如何。

「神龍死後，人們就不再獻祭了。」

聽到這件事的時候，布倫希爾德的內心稍微感到安慰。

遭到西格魯德背叛的事、入獄的事，全都令她痛苦又悲傷。

然而，既然能阻止獻祭的陋習，自己與神龍戰鬥的事也算是有了意義。

雖然只有一點點，布倫希爾德的表情緩和了下來。所以，法夫納很猶豫是否要接著說下去，可是他非說不可。

「雖然獻祭停止了，每個月都會出現約七名的失蹤人口。上個月以及上上個月都是。」

「……你說什麼？」

「我們遭到關押的同時開始有失蹤人口出現。雖然我無法得知這究竟意味著什麼……」

（難道神龍還活著……）

那是不可能的。砍下神龍首級的人，正是布倫希爾德自己。她看見鮮血如瀑布般湧出。如果那樣還能存活，就真的只能用神力來解釋了。

儘管如此，在神龍死去的同時，每個月都開始出現七名失蹤人口，實在不像是偶然。

「失蹤人口……這麼說來，並沒有找到屍體吧？」

「一點也沒錯。」

「……既然如此，恐怕有這個國家的大型組織涉入其中。每個月都可以讓七個人憑空消失的組織……例如騎士團、教會、商會，以及西格魯德王。」

「另外就是黑社會的掌權者了。不論是何者，目的都不明。」

不管與哪個組織有關，每月讓七個人憑空消失的動機都不明。

……簡直就像受到神龍的操控。

「不可以，布倫希爾德大人。」

猜到她要說些什麼的法夫納搶先制止。

「有關失蹤人口的事情，您不該介入其中。請不要再為素不相識的人冒險，您已經做得夠多了。」

或許是將法夫納這番話當成了讚美，布倫希爾德露出笑容。法夫納已經好一陣子沒有看到她笑得如此純真了。

「的確……我敢說自己已經很努力了。不過，拿不出成果就沒有意義。」

這種結果主義式的想法和靈活的思考能力，都跟自己很像——法夫納心想。

「我已經決定不會再讓任何人為龍犧牲了。」

可是，法夫納覺得這個人一點也不適合生活在黑社會。

「你可以幫我調查西格魯德王身邊的狀況嗎？我總覺得失蹤人口和西格魯德王之間隱約有某種關聯。儘管是很微弱的線索，我想應該比漫無目的地刺探商會或教會來得有希望。」

「請問這是命令嗎？」

「沒錯，是命令。」

既然接獲主人的命令，隨從就只能服從了。

第二章

時間要回溯到暗殺神龍的當晚。

西格魯德只能眼睜睜地看著布倫希爾德被砍傷。

不，正確來說，應該是只能眼睜睜地看著自己的身體擅自砍傷布倫希爾德。

那天晚上，西格魯德對神龍的頸部揮劍。

自己一個人的力量並不夠。不過，布倫希爾德趕過來助他一臂之力。這使得西格魯德燃起鬥志，彷彿有力量從體內深處湧現。

劍沉入神龍的頸部，終於將頭砍下。

布倫希爾德搖搖晃晃地倒向西格魯德。因為放心，她才會站不穩。西格魯德用雙手接住她的纖細身體。

「對不起，我一時站不穩……」

「沒關係，謝謝妳來幫我。」

事情就發生在西格魯德正要如此回應的時候。

突然間，身體不聽使喚。

一開始，西格魯德還以為是某種疾病發作了，然而並非如此。他可以明確感覺到有某種東西正在侵入自己的身體。

西格魯德的手推開布倫希爾德。

手擅自動了起來。

倒在血海中的布倫希爾德非常錯愕。

「你、你在做什麼……！」

仰望著自己的布倫希爾德眼中浮現困惑的神色。

手又擅自動了起來。握著劍的手擅自舉到高處。

侵入自己身體的某種東西正在強迫西格魯德動手。西格魯德試圖大叫。他以為自己喊了「住手」，卻沒能發出聲音。就連嘴巴也沒有動。

劍將布倫希爾德的右眼一刀兩斷。

「啊啊！」

布倫希爾德按住右眼。西格魯德從以前就覺得很美麗、黑曜石般的大眼睛開始流出鮮血

——就像眼淚一樣。

「西、格魯德……？」

即使遭到砍傷，布倫希爾德對西格魯德仍然沒有懷抱一絲敵意。西格魯德能感受到她有多麼信任自己，因此十分心痛。

「什麼？為什麼？」

西格魯德對反覆發問的布倫希爾德大叫。

快逃，離我遠一點。

無聲的吶喊傳不到她耳裡。

自己的手砍向毫無防備的布倫希爾德的頭部。不過體內的某種東西或許沒能好好控制身體，算錯了距離，結果劍柄因此重重撞上布倫希爾德的頭。布倫希爾德倒了下來，一動也不動。直到最後，她都沒有表現出自我防衛的舉動。

強烈的失意感襲向西格魯德。他什麼也無法思考。但是，身體依然沒有解除戰鬥狀態。現場還有人能夠行動。

那就是布倫希爾德的隨從法夫納。他拔出預藏的短劍試圖抗戰，想救出布倫希爾德。

西格魯德希望法夫納能幫助布倫希爾德，他的劍卻輕易地彈飛了法夫納的短劍。現在的法夫納不擅長肉搏戰，所以無法應付他。西格魯德的身體也將法夫納打昏了。

西格魯德體內的某種東西試圖了結布倫希爾德與法夫納的性命。

然而沒有成功。看來侵入西格魯德體內的某種東西還不習慣運用西格魯德的身體。他就

像生了病一樣，站都站不穩。他似乎已經無法握劍了。某種東西用背部靠著神殿的柱子跌坐在地。

過了一陣子，西格魯德的親衛騎士們來了。騎士得知王子不在王宮，所以前來尋找。西格魯德命令騎士殺了布倫希爾德之後，隨即失去意識。不過，士兵們並沒有立刻執行這個命令。即使是王子的命令，殺害的對象也是巫女。萬一聽錯了命令，後果不堪設想。騎士們決定暫時將布倫希爾德等人關押起來。

西格魯德只能像個外人一樣，眼睜睜地看著入侵者操弄自己的身體。

此後身體的控制權仍然沒有恢復，入侵者開始假扮成西格魯德生活。

西格魯德漸漸發現入侵者的真面目。

這傢伙是神龍。

神龍的靈魂進到了自己的身體裡，然後占據了身體。

原因出在老奸巨猾的龍使用的最強祕術。對生命的執著產生詛咒，使他能在肉體死亡的時候將靈魂轉移到其他肉體上，並且加以支配。

西格魯德一開始只明白這一點。

或許是因為靈魂與靈魂不透過肉體，直接在體內接觸的關係。

神龍的記憶漸漸流向西格魯德腦中。

神龍從何而來、為何要吃人、為何侵入自己體內……

西格魯德知道了這些事，但就算知道了也無能為力。

因為身體的控制權已經不在自己手上。

再怎麼吶喊或掙扎，也連一根手指都無法依自己的意思活動。

不過，他不能放棄。

因為神龍打算處死布倫希爾德。

可是，西格魯德始終無法取回身體的控制權，任由時間流逝。

所以，聽說布倫希爾德成功逃獄的時候，他感到鬆了一口氣，甚至覺得大快人心。

寧靜的日子並沒有持續多久。

因為神龍吃人的日子到了。

近衛騎士抓了一無所知的人民，將他們關進黑暗的房間裡。西格魯德開始啃食這些人。

過程只能用駭人來形容。

口中殘留著咬斷血管的觸感、生肉的質地，以及鮮血的溫熱。

儘管如此，西格魯德沒有能力阻止這一切。不僅無法將肉吐出來，也無法別開目光。這幾乎要將他逼瘋。

西格魯德不分晝夜在自己的體內瘋狂掙扎。雖然他竭盡所能地掙扎，神龍卻對西格魯德不屑一顧。神龍很清楚這只是白費工夫。

可是某天晚上，那件事發生了。

西格魯德成功移動了指尖。

那是神龍正在睡覺，而且進入深層睡眠的時候。一個晚上有幾十分鐘，龍的靈魂會進入不會甦醒的沉睡。在這段時間內，西格魯德就有希望取回身體的控制權。

西格魯德從自己的身體所躺的床上滾落，墜落的身體感覺到輕度的衝擊。西格魯德已經好久沒有用感官接觸到外界，高興得幾乎喜極而泣。

然而，他沒有時間感傷。神龍睡著的時間很短暫，自己必須趁這段時間完成該做的事。

也就是自殺。

只要自己死去，王國的人民就不會再被捕食。所幸，現在神龍無法使用附身的祕術。與神龍共享記憶的西格魯德知道，使用抵抗死亡的法術需要繁雜的準備。現在就是殺死神龍的大好機會。

西格魯德伸出手拿取裝飾在房間裡的刀劍。

不過，動作停留在了這裡。

原因並非身體的控制權被神龍奪走了。神龍仍在熟睡中。

西格魯德之所以停下來，是因為自己映入眼簾的手並不是人類的模樣。

伸出的右手是覆蓋著鱗片的龍手。

西格魯德的身體化為了龍。

他現在是一頭體長約三公尺的純白小龍，看起來就像縮小的神龍。

西格魯德明白了。恐怕是因為被龍附身，自己的身體也轉變成龍。他先前能夠保持人類的外表，可能是因為神龍使用了變身為人的法術。

不會使用那種法術的西格魯德無法恢復人類的模樣。

（好不容易取回身體的控制權，憑這副身體實在是……）

不好的預感成真了。

龍的身體無法自殺。

龍的手無法順利握住刀劍。就算握住了，也沒辦法刺穿堅硬的表皮。弱點部分全都被堅硬的鱗片保護著，即使笨拙地耐著性子弄出傷口，又會被強大的再生能力阻礙。

倘若能借助他人的力量，說不定就死得成。然而，龍的嘴巴無法說出人類的語言，他只能說「龍之言靈」。身為隨從的史芬肯定能用魔槍將自己一擊斃命，卻沒有方法能拜託他殺死自己。

西格魯德奮戰了好幾天，結果只明白光靠自己死不了。

這天晚上，西格魯德也嘗試了各種自殺方法，卻沒有一次成功。

他用無力的眼神俯視著掉在地毯上的軍刀。

內心幾乎要放棄。

然而西格魯德搖搖頭。

不行，不可以放棄。

騎士團奉神龍之命，正在搜索布倫希爾德。縱使布倫希爾德現在躲藏得很好，總不可能永遠潛逃下去。一旦被逮到，她就會沒命。

自己砍傷她右眼的景象在腦中復甦。

西格魯德已經不想再傷害布倫希爾德了。

回想布倫希爾德的容貌時，西格魯德注意到一件事。

（……對了，如果是布倫希爾德——）

布倫希爾德是巫女，她聽得懂「龍之言靈」。

只要向她解釋自己的現狀，她或許願意殺死自己。

西格魯德立刻試圖到外頭尋找布倫希爾德，卻在窗邊停了下來。

（我不能再給布倫希爾德添麻煩了……）

雖然自己劃傷了她的眼睛，事到如今還是不想將她牽扯進來。

而且，西格魯德不知道該用什麼表情面對她。即使當時受到了神龍的操控，親手傷害她的人依然是西格魯德。

布倫希爾德很相信西格魯德。縱使被砍傷了，她還是沒有表現出任何自我防衛的舉動。不過，如果她看見現在的西格魯德一定會感到恐懼，以為西格魯德要來取她的性命了。

（我不想嚇到她……）

西格魯德離開窗邊。這個舉動使得他的心情稍微輕鬆了一點。

他因此注意到一件事。

（啊啊，原來如此。我並不是不想嚇到布倫希爾德。）

害怕的人其實是自己。

他害怕被布倫希爾德畏懼，或是蔑視。

因為喜歡她，他無法忍受這種事。光是想像就令他心痛。

可是，西格魯德因此再次靠近窗邊。

如果是為了保護她就算了，西格魯德不願意為了保護自己而逃避。

龍為了尋找巫女，從窗邊起飛。

龍在夜空中飛翔，呼喚巫女的名字。

『布倫希爾德！』

他在夜深人靜的城鎮上空大聲呼喊，不過沒有任何人被吵醒。因為他說的語言是「龍之言靈」。只有同為龍的對象，或是巫女能夠聽見。

『布倫希爾德！』

經過一條淒涼的小巷時，有人回應了。

『是誰！』

雖然非常狼狽，但不會錯。那是布倫希爾德的聲音。

『神龍？你果然還活著。』

也難怪她會這麼想。因為神龍是她認識的唯一一頭會說「龍之言靈」的龍。

『不是的，我是……』

西格魯德表明自己的身分。

『我是西格魯德。』

『不要鬧了！』

她的聲音極為憤怒。西格魯德第一次聽見布倫希爾德發出如此憤怒的聲音。

『我不准你冒用我朋友的名字。』

她還願意稱自己為朋友，令西格魯德既高興又難過。

『請妳相信我，我真的是西格魯德……』

他這麼說著，然後發覺自己說錯了話。誰又會相信這種話呢？更別說是聰明的布倫希爾德了。

不出所料，布倫希爾德沒有繼續回應。恐怕是因為，她擔心對方會循著聲音找出自己的所在地。

『妳不說話也沒關係，繼續聽我說吧。』

不過，該說些什麼才好？就算要拜託布倫希爾德殺死自己，她也不太可能願意現身。

西格魯德思考了一陣子，然後作出決定。

『妳還記得我們第一次見面時的事嗎？』

為了讓布倫希爾德相信自己真的是西格魯德，他說起只有兩人才知道的事。

即使如此，布倫希爾德仍然一句話也沒有回應。

從布倫希爾德的角度來看，這就像是應該已經死去的神龍正在對自己說話。她可能是認為連死亡都能超越的對手，或許也有什麼方法能得知只有兩人才知道的記憶。

（照這個情況看來，我很難取得她的信任。）

覺得沮喪的時候，西格魯德感覺到神龍的靈魂就快要甦醒了。不可以在城鎮裡讓神龍甦

醒，否則自己能在半夜奪走身體控制權的事情就會曝光。

『抱歉，今天只能談到這裡。可是我明天也一定會來，所以拜託妳相信我。』

西格魯德起飛，回到王宮的房間。

此後，西格魯德每晚都會飛出去找布倫希爾德。

神龍熟睡的時間很不固定，有時候會睡超過一個小時，有時候則睡不到十五分鐘。不過，即使時間只夠說上一句話，西格魯德也一定會去找布倫希爾德。說穿了，談話的內容並不是很重要。因為即使說了只有兩人知道的回憶，也無法取得她的信任。

真正重要的是，必須不斷嘗試見到她。

西格魯德認為，既然想得到她的信任，不管時間有多麼短暫，都必須每天現身才能表達誠意。

布倫希爾德一句話也沒有回應。

雖然西格魯德有時候也會擔心自己是不是在自言自語，他仍然相信布倫希爾德有在聽，不斷地朝著黑夜說話。

只為了拜託她殺死自己。

附身到西格魯德體內的神龍，一開始也打算將史芬連同布倫希爾德等人一起處死。

不過，看到他面對自己——正確來說是面對西格魯德——的眼神，神龍改變了心意。那是心悅誠服者的眼神，很類似盲目信仰神龍的信徒。

神龍認為史芬或許還有什麼用處，所以單獨放過他。

神龍將史芬與自己捧為逮捕屠龍罪人的英雄，賦予他親信的地位。

史芬開始被民眾當成英雄看待。

人們對他表達尊敬之意，特別是小孩子。

今天史芬上街時，也有天真無邪的小孩子對他這麼說：

「等我長大了，也要跟史芬大人一樣，成為騎士中的騎士。」

史芬只能含糊地笑著帶過。這樣的自己令他作嘔。

自己究竟是從何時開始，成了這種充滿謊言的人呢？

少年說他是「騎士中的騎士」。

現在的自己恐怕是距離騎士最遙遠的人。騎士必須保護弱小的民眾，但史芬知道，弱小的人正遭受迫害。

（西格魯德王為何什麼也不說呢……）

他還清楚記得暗殺神龍當晚發生的事。史芬倒在地上，看著西格魯德與布倫希爾德努力斬斷龍頭的模樣。雖然他很想起身幫忙，卻因為與龍戰鬥而受了傷，連一根手指都動不了。

不過，即使沒有史芬的幫助，兩人仍然斬下了龍頭。史芬認為如此一來就能放心了。

然而，王子做出了暴行。

他當時究竟在想什麼呢？西格魯德砍傷布倫希爾德的眼睛，將她連同她的隨從一起關進地牢。史芬曾經多次要求釋放兩人，卻得不到正面回應。

（為什麼西格魯德大人要背叛布倫希爾德大人……）

背叛——此刻的史芬想到這個詞彙。

儘管如此，他總覺得事有蹊蹺。

那種行為確實是背叛沒錯。不過，西格魯德至今的態度……也就是一起屠龍、誓言拯救我國人民的行為，在史芬眼裡並不像在說謊。

史芬知道自己的腦袋並不好。

所以，他自己也不敢肯定這個想法，然而……

（自從那天晚上以來，西格魯德大人是不是變了一個人呢？）

史芬無法對任何人訴說。說出口也只會被當成瘋子罷了。

西格魯德的外表並沒有改變，卻有著某種根本上的不同，簡直可以說是判若兩人。

西格魯德過了一陣子便登基為王，卻完全沒有向人民公開布倫希爾德等人查出的神龍相關真相。他使用西格魯德最厭惡的掩蓋與捏造等手段，將布倫希爾德等人塑造成壞人。

乾脆背叛西格魯德吧。

前往地牢救出布倫希爾德等人，再殺死西格魯德王，向人民傳達真相——這樣才比較符合自己所相信的正義。

史芬之所以沒有這麼做，正因為他是西格魯德的騎士。身為騎士的堅持不允許他背叛主人。而且，主人說不定有什麼自己所無法推知的深遠考量。

布倫希爾德逃獄的時候，西格魯德將史芬叫來，然後對他下令。

「我原本打算立刻處死她，但我改變心意了。你要抓到布倫希爾德，並將她帶到這個王座前。」

「是！」

這項命令讓史芬的心情為之一振。

「既然要我將布倫希爾德大人帶到王座前，就表示您願意跟她談談吧。」

西格魯德至今都沒有再跟布倫希爾德接觸。沒有接觸，也就無法修補關係。即使背叛布倫希爾德的行為有什麼深遠的理由，也要透過對話才能互相理解。

希望主人變回原本的西格魯德，一如以往地與布倫希爾德相處融洽。

這就是史芬的願望。

然而——

「我跟那個女人無話可說，只不過是要讓她懷上我的子嗣罷了。這是她成功逃離我身邊的獎賞。」

史芬啞口無言。

這一點也不像西格魯德會說的話。因為史芬知道，西格魯德對布倫希爾德的感情是戀愛。他甚至曾經為了吸引布倫希爾德的注意而找史芬商量過。這樣的西格魯德竟然會試圖對布倫希爾德做出如此惡劣的行為。

「您應該是喜歡布倫希爾德大人的吧。」

「……布倫希爾德是歷代巫女中最像她的人。不過，既然她有意反抗我，就沒必要留她活口。等她生出下一任巫女，我就會將她處死。」

史芬不明白西格魯德這番話是什麼意思。「請問您這是什麼意思呢？」

「你沒必要知道。騎士只要服從主人的命令就好。」

聽到這句話，騎士史芬就無法反駁了。

史芬的表情因苦惱而扭曲，就快要達到精神上的極限。

史芬雖然陷入兩難，卻也為了尋找布倫希爾德而上街。這麼做是為了自己的君主，以及自己所遵行的騎士道。

雖然沒有線索，他仍然四處巡邏直到半夜。

（希望我找不到她。）

真不想達成主人的命令——自己忍不住這麼想。

那天晚上，西格魯德依然持續向身在城鎮某處的布倫希爾德說話。

龍所在的地方是大聖堂。

這頭龍躲在一座大鐘後面對布倫希爾德說話。

對鐘說話，就能放大「龍之言靈」的聲音。不管布倫希爾德待在城鎮的哪個地方都可以聽見。

『今晚，我想向妳傳達神龍的真面目。』

該說的事早就說完了。

即使如此，為了取得她的信任，還是必須持續對她說話。西格魯德會談起關於神龍的事，目的是儘量引起布倫希爾德的興趣。

『神龍來自名為伊甸的島嶼。所謂的伊甸，就是神創造的生物所居住的島。神龍原本是奉神之命，負責守護島上生物的龍。』

西格魯德與神龍共享一部分的記憶，所以能知曉他人不可能得知的事。

『然而神龍違背神的命令，愛上了一個女人。那個女人也愛著神龍，希望與他共結連理。不過，從外界移居到島上的另一個女人說，神龍身為島嶼的守護者，應該有義務平等對待島上所有的生物，不應該偏愛一個女人。於是神龍放棄與女人結為連理。』

今晚神龍熟睡的時間很長，應該能多說一些話。

『然而分離越久，愛意也就越強烈。最終一龍與一人決定，即使背叛神也要為愛而活，神龍載著女人離開了島嶼。違背神之命的神龍受到詛咒，不吃人就會腐朽。所以，神龍會食用這個國家的人類。因為神對龍降下的天譴，就是啃食與自己所愛之人相同的種族。』

西格魯德很擔心這番話究竟有沒有確實傳達給她。自己說得再多，如果她沒有聽見，也是徒勞無功。

不過，結果是他杞人憂天了。儘管沒有回應，布倫希爾德也確實在聆聽他所說的話。在滿天星斗之下，布倫希爾德身在貝倫的店的小型露臺上。因為待在室外，比較能清楚聽見龍的聲音。

她很猶豫。

連夜傳來的聲音是「龍之言靈」。能夠使用這種語言，就表示對方是龍。對方是神龍的可能性極高。

可是，他說話的方式實在太像西格魯德了。

不只是語調，就連停頓和換氣的方式，都跟西格魯德一模一樣。布倫希爾德很喜歡跟他聊天，所以非常了解他。就算神龍想假扮西格魯德，應該也不可能如此神似。

既然如此，現在跟自己說話的對象會不會真的是西格魯德呢？

他說自己因為祕術而遭到神龍占據肉體的事情會不會是真的呢？這樣一來也能解釋他為何突然性情大變了。

（可是，祕術……）

這就是疑慮的來源。

龍的祕術深不可測。既然連死亡都能克服，布倫希爾德甚至覺得他無所不能。布倫希爾德不敢說他不會用超乎想像的精密度假扮成西格魯德，所以她直到今天都沒有回應。

她現在仍然能持續聽見龍的聲音。

雖然本人很努力掩飾，音調裡卻帶著明顯的焦急。他明明很想求助，卻拚了命隱瞞。布倫希爾德連這一點都聽出來了。

終於無法再忽視他的布倫希爾德拿起連帽斗篷，走出貝倫的店。

她前往的地方是廣場。廣場中央有一座可愛的鐘，經常有情侶約在這裡碰面。

布倫希爾德對這座鐘說話。

『……你每晚都這麼吵，害我一直睡不好。』

聲音迴響著傳遞了出去。

不過，西格魯德過了一段時間才回應。布倫希爾德彷彿能看見他驚訝的表情。

（你明明每天晚上都要求我回應。）

他可能沒有料到真的能得到回應吧。

對此感到溫馨的時候，布倫希爾德察覺到一件事。

那就是自己也很想跟西格魯德聊聊。即使受騙，布倫希爾德仍然很高興能跟他說話。

『感謝妳願意與我對話。』

莫名生硬的用詞讓布倫希爾德差點笑出來。布倫希爾德知道，他慌亂的時候就會出現這個習慣。

『你真的是西格魯德吧？』

『沒錯。』

這段問答根本沒有意義。經過前面的對話，布倫希爾德就已經開始相信聲音的主人是西格魯德了。

『這麼說來，那天晚上砍傷我的是……』

『是神龍。不過，那已經不重要了。畢竟妳的右眼因此瞎掉的事實不會改變。』

『這對我來說很重要。』

『希望妳別多想。因為我只有死路一條。』

『……你吃了人吧？』

『沒錯，我無法阻止附身在體內的神龍。在下一批犧牲者出現之前，我必須跟神龍同歸於盡。』

西格魯德終於能說出自己最想傳達的事。

『殺了我吧。』

說出這句話的同時，西格魯德感覺到神龍即將脫離熟睡狀態。他趕緊朝王宮起飛。

布倫希爾德並沒有回應。

偶然間，史芬在街上發現了布倫希爾德的身影。

經過人煙稀少的廣場時，他看見了少女。女性一個人在半夜的街上遊蕩是很危險的事，於是史芬正想上前規勸，這才發現她是誰。

少女全身包覆著連帽斗篷，無法一眼辨識其身分。然而，調皮的夜風掀起了她的兜帽。

雖然單眼受了傷……不，正因為受了傷才不可能認錯。

帶有光澤的黑髮，以及大寶石般的左眼。

她正是布倫希爾德。

（為什麼……要讓我找到她……）

不知為何，布倫希爾德的臉上掛著幸福的表情。周圍明明一個人也沒有，她彷彿有看不見的心上人陪在身邊，令人不願冒犯。

可是不知為何，她的表情突然蒙上一層陰影，所以史芬才有辦法走到布倫希爾德面前。

布倫希爾德注意到史芬，臉上浮現極度緊張的神情。

「布倫希爾德大人，我要帶您去見西格魯德大人。」

儘管布倫希爾德驚慌失措，還是拔出腰上的劍。

「請您乖乖就範吧，我不想動粗。」

史芬也舉起魔槍。刀身帶著彷彿能驅散黑夜的光芒。

「別逼我砍你。」

布倫希爾德大叫：

「面對你，我不能手下留情。」

史芬覺得她真的是個非常善良的人。

假如她真的打算砍人，就不會說這種話了。

最先響起的是刀刃碎裂的聲音。

回過神來，布倫希爾德的劍已經被魔槍粉碎，簡直是神乎其技。布倫希爾德的手裡只剩下短短的刀身與刀柄。

勝敗在一瞬間內確定。

不過布倫希爾德不放棄。

她仍然舉著斷掉的劍，沒有放下。

她的眼裡帶著決心。那是一定要成功脫身的決心。

史芬認為她想必有什麼不能在這裡止步的理由。

而且理由肯定不是苟且偷生，更不是復仇。從以前開始，布倫希爾德如果要拚命，目的就總是為了他人。她不是會因為自己受傷而憤怒的人。

她恐怕知道現在的國王的作風。她是一名聰慧的女性，肯定也注意到神龍的影子了。為了端正那些錯誤，她不能停下腳步。

（相較之下，我究竟是為何而戰？）

他決定不去思考。因為那不是自己的本分。

自己肩負逮捕她的任務。

自己是西格魯德的騎士。騎士只要服從君主的命令即可。

（但是，那麼做會如何？）

讓主人殺死布倫希爾德。

雖說是主人的命令，這麼做到底有什麼意義？

今後，自己還能繼續服從主人嗎？

還能什麼也不思考嗎？

布倫希爾德握著斷劍往前踏步。雖然動作並不差，在史芬眼裡卻幾乎等於靜止不動。

透過視線、手的動作以及肌肉的活動方式，甚至能看出布倫希爾德的斷劍正在瞄準什麼地方。

那就是魔槍。她打算將魔槍擊落。到了這個關頭，她仍然選擇不傷害史芬的方法。

不論是閃躲還是接招都很容易。史芬選擇接招。

鋼鐵互相衝撞的沉悶聲音響起。那是十分虛弱的一擊。

然而魔槍離開史芬的手，掉落到石磚上。

他不是輸在力量或戰鬥技術。

而是輸在心靈。

（我……無法逮捕她。）

史芬已經不明白擊敗布倫希爾德有什麼意義。

他無力地垂下頭。

布倫希爾德拿著劍的手正在顫抖，無法好好施力。從裂開的指甲流出的血液沿著刀柄末端滴落。剛才的一擊已經讓她使出渾身解數。

不過，布倫希爾德也很清楚，並不是使出渾身解數就能贏。所以她開口問道：

「為什麼……」

史芬知道這個問題的意思。

她想問的是，史芬為何要將勝利拱手讓人。

「因為我認為，死在布倫希爾德大人的手裡也好……」

即使要違背命令，也始終不願意對主人刀劍相向，或許就是他的騎士精神吧。

布倫希爾德並不是傻瓜。

聽到剛才那句話，她就猜到史芬正處於兩難的立場。看來他並沒有像西格魯德一樣，突然性情大變。

布倫希爾德用斷劍的尖端指著史芬的脖子說：

「告訴我。」

史芬斷斷續續地開始訴說。

西格魯德變了一個人的事。

以及他的冷血命令。

話題開始轉變。

只有史芬沒有被關進牢裡。

可是他也沒有救出布倫希爾德與法夫納。

比起兩人的自由，他選擇相信王的命令。

直到現在，他仍然想相信王。

這番話簡直是懺悔。

史芬哭了。不論受了多麼深的傷都不曾屈服的騎士，竟然落下斗大的淚珠。

不過，史芬覺得自己的心正在漸漸獲得救贖。

因為背叛布倫希爾德等人而一直盤踞在心頭的黑色霧氣開始消散。

「所以，即使要在這裡命喪您的手裡，我也無所謂了。」

布倫希爾德沒有打斷他，將他的話全部聽完才低聲說：

「……法夫納一定會說我太天真了。」

布倫希爾德將劍收回劍鞘。

「每月都會有七位國民失蹤，是因為有神龍暗中操弄。」

「這一點……我也有感覺到。可是，神龍在什麼地方呢？」

「我想你也應該知道。」

縱使有點猶豫，布倫希爾德還是決定說出口。

「西格魯德就是神龍。」

布倫希爾德對史芬說起自己連夜聽說的事。

史芬錯愕地聽著。

「西格魯德很想死。假如實力高強的你願意幫忙，就更容易達成目標了……」

「我……辦不到。即使內在是神龍，我也無法對西格魯德大人刀劍相向。」

雖說地位不同，他們倆依然是共度童年的兒時玩伴。即使現在的西格魯德已經變了一個人，回憶中的西格魯德依然不變。

同樣跟他從小一起長大的布倫希爾德也能體會。

「我不會要求你動手，你只要替我開路就行了。如果真的必須殺死西格魯德，到時候請你睜一隻眼閉一隻眼。我……會想辦法。」

布倫希爾德對史芬伸出手。

（……既然如此——）

如果不必對主人刀劍相向，或許就能過自己心裡那一關了。

史芬將自己的大手放到布倫希爾德的小手上。

布倫希爾德使勁一拉，讓史芬站了起來。

史芬就這麼直接返回王宮。

布倫希爾德吩咐他繼續扮演西格魯德王的騎士，直到時機來臨。

布倫希爾德向法夫納提起自己巧遇史芬的事，以及成功拉攏他成為同伴的事。

布倫希爾德內心默默地期待法夫納會讚美：「真了不起，我的主人。」不過——

「您應該感謝自己的幸運。」

法夫納的表情幾乎沒有安心的神色，甚至帶著靜靜的怒火。

「布倫希爾德大人，那麼做太危險了。請千萬不要掉以輕心。」

「為什麼？你也很了解他吧？他這個人雖然有點死腦筋，卻值得信任。」

「以同伴而言確實如此。」

「他已經是同伴了。」

「不，那個騎士不可能在真正的意義上成為我們的同伴。」

「你為什麼能說得這麼肯定？」

法夫納陷入沉默，罕見地表現出語塞的樣子。

接著，布倫希爾德提起每晚都會與自己接觸的神祕白龍。她已經向法夫納告知過龍的存在，因此主要的話題是關於西格魯德王遭到神龍附身的事。

「原來如此……所以被神龍附身的西格魯德王會吃人吧。這樣也能解釋他的人格為何突然改變，確實說得通。」

不過，法夫納面有難色。

「看你的表情……應該是很難理解我為什麼相信那頭來路不明的龍吧。」

「是的。」

「雖然我覺得可以相信……」

布倫希爾德開始思考。

不論是史芬，還是自稱為西格魯德的龍，布倫希爾德都已經信任他們了。

然而，自己信任他們的理由，很難向法夫納解釋。

（因為史芬跪在我面前哭泣，所以值得信任？因為西格魯德每天晚上都會來找我，所以值得信任？）

不是這樣。這種解釋不可能讓他心服口服。如果布倫希爾德自己聽見這種解釋，她也不會接受。

布倫希爾德之所以決定信任他們，不只是基於他們的行為，主要是基於聲音的急迫感和語調中的氛圍。沒有說謊的人或說話發自內心的人，都會帶有一種「不顧一切」的特殊氣息，不過想用語言說明這種感覺是不可能的。

（只要願意相信他們，明明可以順利達成目標……）

法夫納看著煩惱的布倫希爾德說：

「布倫希爾德大人，您或許忘了，我是您的隨從，不是您的師父或老師。只要您命令我相信您，我就會乖乖照辦。」

這只是方便上的說法。法夫納的內心並沒有騎士般的忠誠。

只不過，他在黑社會看過各式各樣的人，所以特別善於分辨值得信任與不值得信任的人。因此，他也知道布倫希爾德難以說明的「不顧一切的人」確實存在。他恐怕是覺得布倫希爾德因為年紀尚輕，無法貼切地形容他們，才會用這番話給她臺階下。

「……謝謝你，法夫納。」

布倫希爾德很高興。

（只要是主人說的話就相信，一點也不像是他會說的話……）

法夫納並不是會說這種漂亮話的人。

布倫希爾德當然知道他只是想給自己一個臺階下。

「那麼，法夫納，我要你相信我。」主人如此命令。

「我明白了。」隨從如此回答。

布倫希爾德聯絡史芬，拜託他協助自己入侵王宮。

入侵的前一晚，布倫希爾德來到廣場的鐘前。

她對待在大聖堂鐘前的西格魯德說：

『明天，我會為了殺你而入侵王宮。』

西格魯德聽見這句話便放下心來。

他已經再也無法看著自己的身體不聽使喚地啃食人類了。

『可是，在那之前我想問你一件事。沒有手段能讓你活下來嗎？像是將你體內的神龍趕出去，或是封印的方法……』

『沒有那種方法。』

西格魯德斷言。

『那也不一定吧？試著找找看的話，或許真的有。』

『這段期間內，不知道有多少人會被吃掉。』

他的回答全都一如布倫希爾德的預料。她很清楚，所以直到今天都不敢問是否有手段能拯救西格魯德。

然而到了行動的前一晚，她也不禁表現出懦弱的心態。

『……對不起，我有點沒自信。我不知道能不能真的下手殺了你……』

布倫希爾德的溫柔讓西格魯德很高興。可是唯獨這次，他不能欣然接受。

『我第一次用龍之言靈對妳說話的時候，妳曾說我是妳的朋友。如果妳現在也這麼想，拜託妳。我已經不想再輸給神龍了。』

經過一段漫長的沉默，布倫希爾德回答：『……我知道了。』

『不過在殺了你之前……』

她的聲音變得急切。

『我想再見你一面。』

彷彿有微微的花朵香氣飄了過來。西格魯德想起布倫希爾德的香氣。

這是很強烈的誘惑。

『我想再見你最後一面，你在哪裡？』

西格魯德差點回答大聖堂，但又勉強將這句話吞了回去。

自己也一樣想見到她。

可是現在的臉不能讓布倫希爾德看見。

西格魯德不想被她看見自己這副醜陋的龍模樣。

『我想以人類的模樣，留在妳的記憶中。』

布倫希爾德沒有再次詢問西格魯德的所在地。

隔天夜晚。

布倫希爾德與法夫納要在史芬的協助之下入侵王宮。

三人約在郊區碰面。

那是個下著小雨的夜晚。

等待史芬的期間，布倫希爾德靜靜低語：

「真的沒有方法能讓西格魯德恢復原狀嗎？」

法夫納反問：

「您想問有沒有方法能驅逐神龍的意識，並保留西格魯德大人的意識吧？」

「……沒什麼，你就忘了吧。」

自己不該這麼問。這種問題只會讓法夫納困擾罷了。他再怎麼博學多聞，也不可能知道答案。

法夫納卻回答：

「確實有方法。」

布倫希爾德睜大眼睛說：「你說什麼？」

「對他喊話吧。您的聲音一定能奏效。」

「……什麼？」

「兩位對彼此都有好感。既然如此，您的聲音或許也能將西格魯德大人的意識喚回。」

法夫納的這番話讓布倫希爾德很是驚訝。

「你、你這麼說……是在開什麼玩笑嗎？不切實際也該有個限度吧？」

「說得也是。我只是以前曾經在某則故事中看過類似的情節罷了。」

「我都不知道，原來你還會看那種故事呀？不過，故事就只是故事。」

「是的，那是另一個世界的事。」

法夫納不否認。

「所以，我認為懷抱夢想並不是壞事。」

法夫納並沒有開玩笑的意思。他認為在布倫希爾德與西格魯德之間，或許真的存在那種超乎常理的力量。

他們是光明世界的居民，跟自己屬於不同的種族。既然如此，就無法用黑暗世界的法則加以衡量。

聊到這裡時，史芬前來會合。

法夫納與史芬用互不相讓的眼神瞪著彼此。兩人的感情不好，早就不是新鮮事了。

三人一起入侵王宮。史芬已經事先將士兵支開，所以通往西格魯德寢室的路上沒有巡邏的士兵。

一抵達西格魯德的寢室前，史芬便停下腳步。

「我……要在這裡把風。」

這是不進入房間的藉口。

布倫希爾德點頭答應。

靜靜打開房門後，布倫希爾德與法夫納走進西格魯德王的房間。

布倫希爾德作勢關上門，法夫納見狀便低聲制止。

「萬一有什麼狀況，這樣就無處可逃了。」

不過布倫希爾德搖搖頭，依然將房門關上。

她不想讓史芬聽見殺害西格魯德的聲音。

房門漸漸關上，遮住兩人的身影。

「等……」

史芬懦弱地對兩人伸出右手。他下意識地伸出手，是因為想要阻止兩人。

到了這個關頭，史芬依然不願意讓西格魯德死去。就算已經被神龍附身，他還是不忍心看到西格魯德的肉體受到傷害。說得極端一點，他甚至認為與其讓西格魯德死去，還不如讓西格魯德在神龍的附身之下繼續活著。所以，他很想出面阻止。

他之所以沒有阻止，原因在於透過布倫希爾德得知了主人的願望。主人的願望是死亡。

儘管這是史芬絕對無法認同的願望，踐踏主人的願望也同樣是他所無法認同的。

他還來不及阻止，房門就完全關上了。

伸出一半的右手無力地垂下。

史芬用背部靠著房門蹲坐在地，之後按著額頭呻吟：

「西格魯德大人……」

布倫希爾德靠近西格魯德的床鋪。

西格魯德正安穩地沉睡著。即使內在已經變成神龍，外表還是布倫希爾德很熟悉的西格魯德。

布倫希爾德定睛俯視著西格魯德的臉龐，沒有任何動作。

法夫納拿著短劍對主人低語：

（現在就由我來動手吧。）

事情的發展一如預料。布倫希爾德原本就不可能做出殺人這種事。如果對象帶有朋友的外表，那就更不用說了。

不過布倫希爾德搖了搖頭。

（不……不用了。）

法夫納看著布倫希爾德，感到非常驚訝。

在月光的照耀之下，布倫希爾德的側臉帶著堅定的決心。

她拔出腰上的劍。刀刃沐浴著藍色的月光。

閃耀的刀刃代表了慈悲——不再讓好友啃食同類的慈悲。

布倫希爾德毫不猶豫地高舉手中的劍。

她很清楚，迷惘只會徒增西格魯德的痛苦。

法夫納越來越不明白了。布倫希爾德應該喜歡西格魯德才對，所以才說自己不忍心殺了他。可是不知為何，她現在又下得了手了。

往下揮舞的刀刃觸碰到西格魯德的脖子。

然而，刀刃就停止在這裡。

金屬互相碰撞的高亢聲音響起，讓布倫希爾德睜大眼睛。

西格魯德的脖子被鱗片所覆蓋。

他的脖子明明直到前一刻都還是膚色，卻受到突然產生的龍鱗所保護。

就算是鋒利的刀刃也無法斬斷龍的鱗片。

因為高亢的聲音和衝擊，神龍甦醒了。

神龍一發現布倫希爾德，立刻起身撲向她。這段期間布倫希爾德多次朝西格魯德揮劍，鱗片卻出現在刀刃所到之處保護了西格魯德，每一刀都被鱗片彈開了。

這也是龍的祕術之一。

假如有人在沉睡的期間攻擊自己，就會產生鱗片保護身體。

連西格魯德也不知道這種法術。他並沒有與神龍共享所有記憶。

一記拳頭從側面揮了過來。

「布倫希爾德大人！」

法夫納推開布倫希爾德。布倫希爾德雖然逃過神龍的拳頭，法夫納卻代為承受這一拳。骨折的刺耳聲音響起，他狠狠撞上牆壁。

「法夫納！」

布倫希爾德想奔向法夫納，神龍的動作卻更快。

他踩住失去意識的法夫納的頭，發出擠壓骨骼的噪音。

「住手！」

布倫希爾德大叫。

神龍用冰冷的眼神看著一臉憤怒的她。

「妳就這麼在乎這個男人嗎？」

神龍的腳更加用力，讓腳下的法夫納不禁呻吟。

「不，不只是這個男人。」

神龍指的是西格魯德。神龍也能看見西格魯德的記憶。在他的記憶中，布倫希爾德露出的幸福表情，是神龍從來不曾見過的。

「妳這個下賤的女人。離開島上的時候，妳明明曾經發誓會永遠愛著我，可是妳竟敢下手殺我。」

這個時候布倫希爾德才明白，神龍為何對自己特別溫柔。他似乎把自己視為在伊甸與他相戀的女人了。

儘管如此，那件事跟布倫希爾德一點關係也沒有。

「我從來沒有發誓愛你。」

「閉嘴。」

神龍用低沉的聲音說：

「妳以為我是為了什麼才成立巫女一族？為的就是將來總有一天要讓妳再愛上我。」

彼此簡直是雞同鴨講，但只有一件事是確定的。

「我並不是你的妻子……」

外表是西格魯德的神龍走到布倫希爾德面前抱住她的身體，奪走了她的雙唇。這簡直是不由分說的暴力。

「說妳愛我。現在我還能看在這張臉的分上原諒妳。」

暴力使得布倫希爾德渾身僵硬。不過，即使無法掙脫對方的手臂，布倫希爾德還是反瞪著他說：

「我根本不愛你。」

她的心裡浮現與眼前的男人長得一模一樣，卻與他不同的男人。

布倫希爾德被強押在地毯上。

「既然如此，妳就只剩肚子還有用了。」

神龍的舌頭在布倫希爾德的脖子上爬行。生理上的厭惡感讓她不禁發出低沉的哀號。

衣服被一件件脫下。

雖然她知道自己即將受到什麼樣的對待，卻無力抵抗。她的力氣根本敵不過對方。布倫

希爾德決定緊緊閉上眼睛，強忍這一切。

就在這個時候——

「嗚……唔……」

呻吟聲從布倫希爾德的上方傳來。

她睜開眼睛。

神龍用雙手抓著臉，正在痛苦地掙扎。

某人在神龍的體內猛烈地躁動。

他一直都將西格魯德王至今的暴行看在眼裡。雖然那些行為全都不可原諒，現在即將發生的事是他絕對無法原諒的。更別說是用自己的身體那麼做了。

神龍抱頭掙扎。某人還無法完全取回身體的控制權。

布倫希爾德趕緊從神龍下方爬出，奔向法夫納。她將法夫納扛起，往房間外前進。

兩人跌跌撞撞地衝到房外，蹲坐在地上的史芬驚訝地站了起來。他馬上明白情況非同小可，於是對布倫希爾德說：

「我來揹他。」

布倫希爾德將法夫納交給史芬。

史芬扛著法夫納前往王宮外，因為他想去找醫師診治。

可是布倫希爾德沒有跟史芬一起走。

「您在做什麼，布倫希爾德大人？快跟我來。」

布倫希爾德沒有回應。

「法夫納就拜託你了。」

說著，布倫希爾德回到西格魯德的房間裡。

神龍還在痛苦地掙扎。

布倫希爾德撿起掉在地上的劍。

雖然不知道發生了什麼事，現在是大好機會。

殺死西格魯德的大好機會。

布倫希爾德靠近他並舉起劍。

西格魯德體內的某人用眼角餘光看見了她。

某人放心地接納了她的決定。

正在與自己搏鬥的神龍沒辦法抵擋刀刃，這一刀足以消滅神龍。

然而布倫希爾德沒有揮劍。

入侵王宮之前，法夫納說過的話在她腦中復甦。

——對他喊話吧。您的聲音一定能奏效。

布倫希爾德很清楚那種事情不可能發生，只存在於故事中。

不過，驅動她身體的不是邏輯，而是感情。

布倫希爾德也曾那麼想。

希望那種夢想般的事能夠成真。

「西格魯德，你聽得見嗎？」

劍落在地毯上。

「如果你聽得見，就快回來。」

布倫希爾德靠近西格魯德，將他拉過來抱在懷中。

「你絕對不會輸給神龍。」

自己的身體開始襲擊布倫希爾德的時候，神龍之中的某人心想：

自己不能繼續任龍擺布。

背叛布倫希爾德的是西格魯德。是這副身體劃傷了她的右眼。

儘管如此，他已經不想再傷害布倫希爾德了。

或許是每晚偷偷搶走身體控制權的經驗派上用場了，他的意識成功阻礙了神龍。於是，布倫希爾德暫時重獲自由。

不過也僅止於此。

不論他怎麼掙扎，都無法取回身體的控制權。這次不如以往，神龍的靈魂是清醒的。想要正面搶奪控制權，他根本沒有勝算。

自己的意識就要敗下陣來的時候，有聲音從外面傳了進來。

這個聲音對即將消失的意識呼喊：「快回來。」

這個聲音喚回了西格魯德的意識，讓神龍的意識遠去。

西格魯德的痛苦停止了。

直到剛才為止，王的房間裡有兩個人。

披著人皮的龍，以及龍巫女。

不過現在不同了。

此刻互相觸碰的，是一人與一龍。

有著白龍外表的人類，以及龍巫女。

龍一臉悲傷地垂下眼睛，少女則抱著他。

他正是每晚都會向布倫希爾德說話的龍。

『唯獨在妳面前，我實在不願意展現出這副模樣。』

『笨蛋，我可是龍巫女。』

可以的話，兩人很想永遠相伴。不過，他們沒有時間那麼做。

（我幾乎沒有時間了。）

西格魯德認為自己剛才能從意識相爭的戰鬥中勝出，都是多虧了想要回應布倫希爾德的心情所激發的火場怪力。

再次被奪走身體之前，他必須完成一件事。

『布倫希爾德，我希望妳能殺了我。』

『我就是為此而來。可是，刀刃無法砍傷你的身體。而且，要是你身上還被施了什麼守護祕術……』

好不容易取回的這副身體，有可能還是被西格魯德所不知道的祕術保護著。

所以西格魯德認為，即使要多花一點心力，也應該選擇能確實殺死自己的方法。

『請妳跟我來。』

西格魯德載著布倫希爾德，從窗戶飛向夜空。

他們前往的地方是神殿。

『妳知道神殿為什麼蓋在這個地方嗎？』

布倫希爾德搖搖頭。

『因為神殿的地下有古代兵器。那是絕對不能落入人類手中的武器。神龍不想讓人類靠近這裡，所以不會離開神殿。』

『那種武器一定有辦法殺死龍吧。』

西格魯德點頭。

『其實我原本很想一個人搶走武器，卻辦不到。因為我的身體是龍，身體會排斥而沒辦法靠近。』

龍飛越看守神殿入口的士兵們，降落在神殿內。

兩人抵達排列著大理石柱的大廳。

西格魯德觸碰地面。只有這個地方的色澤與其他地面有著些微的不同。這裡藏著暗門。打開門，便出現一條通往地下的入口。就連曾多次造訪神殿的布倫希爾德都不知道暗門的存在，只有與神龍共享記憶的西格魯德知道這件事。

地底下有一個鐘乳石洞般的寬敞空間。這裡寬敞得可供西格魯德飛行，而且帶著微微的亮光。

深處好像有什麼強烈的光源。

布倫希爾德騎在龍背上前進。雖然能暫時維持現狀——

前進一陣子之後，西格魯德便開始感到痛苦。

「唔……唔嗚……」

他無法再飛行，開始用腳走路。

越往深處前進，光芒越強，西格魯德的痛苦也就越強烈。原本能站穩地面的龍腿現在就像病人一樣孱弱。

布倫希爾德扶著他往深處前進，龍的呼吸越來越急促。

兩人逐漸靠近光源。

周圍被照耀得如白天般明亮。

『噫、噫噫噫噫！』

這個時候的西格魯德陷入了極度的慌亂。他就像見到怪物一樣，害怕得大叫。

不論布倫希爾德怎麼呼喚、怎麼搖晃他的身體，都完全沒有作用。他就像根本聽不見別人的聲音。

布倫希爾德好不容易才把西格魯德帶到岩石後方。光芒遭到遮蔽之後，發狂的龍才冷靜下來。

『只要能跳進前面的光芒裡，我就能死了。儘管如此，我怎麼樣就是沒辦法靠近。我無法壓抑身體感受到的恐懼。』

西格魯德感受到的是所有的龍都同樣具有的原始恐懼。比起本能，這是刻劃在更深處的畏懼。

『你說的光芒是……』

『是神的武器。這個世界還沒有天地與繁星的時候，始祖之龍反叛了神。當時使用在戰鬥中的武器就是毀滅之光——雷霆。前面的東西就是那種光芒的殘留物。』

擊落始祖之龍的雷，確實能夠殺死神龍。

『我無法自己尋死。布倫希爾德，我希望妳能殺了我。跟普通人不一樣，妳更接近神，一定能運用神的武器。所以……』

布倫希爾德瞥了最深處一眼，卻沒有繼續前進。

西格魯德用催促的語氣說：

『我想被妳殺死。砍傷妳眼睛的事，我不奢求妳原諒。我希望至少能讓受傷的妳報一箭之仇。』

布倫希爾德觸碰瞎掉的右眼。

『妳的右眼很痛吧？所以快動手吧。』

（……我的傷口很痛。）

不過，即使如此，自己失去的不過是右眼罷了。

（倘若只有我受傷——）

只要自己願意原諒他就好。

『……沒關係，這沒什麼。』

布倫希爾德輕描淡寫地評論自己失去右眼的事。

西格魯德啞口無言。

『這沒什麼？妳竟然說這沒什麼？我對妳做出這麼殘忍的事，根本不值得原諒。妳這麼輕易就……』

『別說什麼原諒不原諒的，我根本沒有生氣。而且砍傷我眼睛的是神龍，又不是你。』

布倫希爾德露出傷腦筋的笑容。

『就算是那樣……我也必須死。神龍很快就會奪走我的意識。那樣一來，他一定會對你們做出殘忍的事，也會繼續吃人，我想在那之前死去。我必須死。妳明白吧？』

龍用鼻頭指著最深處的光源。

『所以，拜託妳用那道光燒死我。』

然而布倫希爾德搖搖頭。

『我絕不依賴那種東西。什麼殺不殺、死不死的，我已經受夠了。』

『那妳說我們該怎麼辦？除了殺死我之外，還能怎麼辦……』

她用只剩一隻的黑色眼睛注視著龍說：

『我們來談談吧。』

而不是互相廝殺。

『我們來討論吧。關於龍，你要把自己知道的一切都告訴我。我們一起找出可以讓你活下來的方法。討論之後再放棄也不遲呀。』

『……請妳答應我，如果聽完我說的話還是只能放棄，妳一定要殺了我。』

看到布倫希爾德點頭以後，龍開始斷斷續續地訴說。

布倫希爾德靜靜地聆聽關於龍的各種事蹟。

對於違背神之命的神龍吃人的理由，她展現出強烈的興趣。

『你說神龍不吃人就活不下去對吧？』

『沒錯。如果不吃人，詛咒就會讓他腐朽而死。』

『我想重點就在於詛咒。那種詛咒是因為他違背神的命令，才受到的懲罰吧？』

『沒錯，想解除詛咒是不可能的。根本沒有方法能解除神的詛咒……』

『我不是那個意思。那種詛咒，是施加在你身上嗎？』

『……妳說什麼？』

『神詛咒的是神龍，不是你吧？你只是因為跟他共享身體才受到牽連，你自己並沒有想要吃人的念頭吧？』

『……沒有。』

布倫希爾德所說的話聽起來就像在玩文字遊戲，卻切入了重點。

神的詛咒其實是附屬於神龍靈魂的狀態。

就算變成龍的模樣，只要掌控身體的是西格魯德的靈魂，他就不會想要吃人，也不會因為不吃人就使得身體腐朽。

『可是問題在於，我的靈魂沒有方法能戰勝龍的靈魂，龍的靈魂終究會掌握主導權。那樣一來詛咒就會發揮效力，到頭來我還是會繼續吃人。』

『可是，現在你的靈魂勝過了他。』

『這……只能說是奇蹟了。』

『就算是奇蹟，應該也有發生的理由。』

布倫希爾德的思緒沒有被帶著神祕色彩的詞彙打斷。

『我呼喚你的時候，你戰勝了龍的靈魂。』

西格魯德的內心一時緊張起來。

『那是不是因為對我抱著某種想法的關係？』

布倫希爾德的黑色大眼盯著西格魯德。

或許是因為只剩下一隻眼睛，看起來似乎比雙眼完整的時候更閃耀了。

明明是在這種狀況下，被她注視還是會讓心跳隨之加速。

『呃……我……』

看到西格魯德如此吞吞吐吐，布倫希爾德繼續質問：

『你在猶豫什麼？再怎麼無聊的小事都沒關係。我不會笑你，你就告訴我吧。』

『可是……』

『西格魯德。』

布倫希爾德猛然將臉湊近，擺出認真的眼神。

她是不是明知故問呢？想捉弄我嗎？還是想逼我親口說出來呢？

不過，除非聽到答案，否則布倫希爾德似乎不打算退讓。

『好吧，我知道了。我說，我說就是了。』

反正自己就快要死了，再害羞也沒有意義。乾脆告訴她還比較爽快。

『我喜歡妳。』

布倫希爾德睜大貓一般的眼睛。

『因為我喜歡妳……所以，聽說妳逃獄的時候，我覺得自己也不能輸；妳叫我「回來」的時候，我也很想回應妳的呼喊。』

西格魯德的臉熱得不得了。他甚至覺得靈魂現在立刻消失還比較輕鬆。

布倫希爾德面帶驚訝的表情沉默不語。西格魯德抱著七上八下的心情等待她的反應。

布倫希爾德開口說：

『我的問題不是那個意思。』

『咦？』

『我問的不是你對我有什麼想法，而是神龍對我有什麼想法。』

『……什麼？』

『我這個因素可以將你喚回，是因為對神龍來說，我具有特別的意義。如果能知道我為什麼特別，或許就能繼續保留你的意識——我的問題是這個意思。』

『啊…………』

西格魯德用龍的手摀住眼睛。

『啊啊啊啊啊……！』

仔細想想確實如此。

（那個布倫希爾德——對男女情愛根本沒有興趣的布倫希爾德——不可能突然對戀愛開竅。她明明不可能問那種問題。）

就因為自己單方面意識到這一點。

布倫希爾德掩不住笑意。

『什麼？你該不會是想說因為你喜歡我，才能靠著愛的力量回來吧？你還真是個浪漫主義者耶。』

『殺了我吧，現在馬上……』

似乎終於忍不住了，布倫希爾德開始捧腹大笑。

西格魯德仍然摀著臉，忍受著羞恥的感覺。

笑了一陣子之後，布倫希爾德擦著眼角說：

『我好久沒笑得這麼瘋了。』

『妳剛才明明說過絕對不會笑我的……』

或許是習慣害羞感了，西格魯德不再遮著臉。他反而覺得誤告白的結果是好的。西格魯德很高興氣氛能夠緩和下來。他想起以前的布倫希爾德常常歡笑，感覺就像是回到了過去的時光。

『說到妳真正想問的神龍與巫女的關係，其實神龍之所以違背神的命令，原因就在於妳的祖先。』

『我的……？』

『妳的祖先是誕生在伊甸的人類。五百年前，妳的祖先與神龍是相愛的情人關係。』

『……原來如此。』

雖然布倫希爾德已經發現神龍將自己當成他過去心愛的女人，沒有想到對方就是自己的祖先。

『可是島上還有另一個女人，她反對雙方結婚，所以他們倆只能偷偷相愛。』

神並沒有禁止龍與女人相愛。就算愛上一個女人，只要沒有輕忽其他生物，就不會違反島上的規矩。

『不過，神龍漸漸開始對偷偷相愛的行為感到內疚。他們倆最後終於受不了，於是決定離開伊甸。可是，因為守護伊甸是龍的使命……他就受到了詛咒的懲罰。』

布倫希爾德使用的「龍之言靈」原本稱為「真聲語言」，是一種能與任何生物溝通的語言。然而它一代接著一代退化，最後成了只能與龍溝通的語言。

『明明一起離開了那座島，我的祖先卻沒有被詛咒嗎？』

『沒有。因為妳的祖先只是一介居民，並沒有違背使命。』

西格魯德萌生某種想法。

『妳能喚回我靈魂的理由，或許源自於妳的出身。』

『一定也跟聲音有關係。』

『是啊。聽到妳的聲音時，我覺得自己的意識正受到吸引。神龍是受詛咒的龍，身體已經變成再也無法忤逆神的狀態。另一方面，妳的祖先仍然維持神所創造的「神之形象」。』

這個世界上有兩種人類。

一種是神親手創造的人類，另一種是隨著演化而誕生的人類。

絕大多數的人類都屬於後者，只有誕生在伊甸的人類屬於前者。

不過這個時代的演化生物學還不發達，尚未證實人類是從猿人演化而來。人們只知道有一部分人類是神親手創造，其他則不是。

『妳的祖先具有「神之形象」，所以妳的呼喊或許就類似神的命令。龍的靈魂可能是因為這樣才會退下。』

這麼思考的話，有幾件事就說得通了。

例如她的悅耳歌聲，以及下達命令時令人難以違抗的感覺。

假設布倫希爾德的聲音類似神的聲音，那就能夠解釋了。

『這麼說來，只要我繼續對你說話，神龍不就沒辦法出來了嗎？』

『……或許是吧。可是這樣一來，妳就不能離開我，我們整天都得待在一起。』

『也對，要整天待在一起確實很傷腦筋。西格魯德好像喜歡我，不知道會對我做出什麼事情來……』

『妳還在講這個……』

『你就作好被調侃至少一年的覺悟吧。』

『那我也要趁這個機會說清楚。我喜歡妳的事，妳可能覺得沒什麼了不起，但這份感情絕對不容小覷。要不是因為喜歡妳，我不可能回得來。』

『你在說什麼啊？我的呼喊不是類似神的命令嗎？這是能用邏輯解釋的。你的靈魂能夠回來，跟你是否喜歡我應該沒有關係吧？』

『才不是邏輯。』西格魯德反駁。

『妳沒有談過戀愛，所以大概不懂吧。所謂喜歡一個人的心情，怎麼說呢？是一股非常強大的能量。像是為了妳而不認輸、還想再見妳一面之類的，這種妳覺得沒什麼了不起的感情，我就是……完全……就是……會這麼想。所以，簡單來說，所以，因為是很強大的能量，這果然還是我的靈魂能夠回來的其中一個理由。我想妳大概很難懂吧。』

雖然嘴裡說的都是些令人害臊的話，反正都要被調侃至少一年了，他恐怕不會再經歷比這更羞恥的事。西格魯德覺得既然如此，不如把心裡話全部說出來。

聽著他這麼說的時候，布倫希爾德閉著眼睛微笑。這個笑容跟剛才的大笑完全不同。她只是滿足地聆聽著。

『……幸好有跟你談談。這樣就找到不會讓任何人死去的方法了。』

『咦……？』

『只要我待在你身邊就能解決問題了，不是嗎？』

只要布倫希爾德在身旁持續呼喚西格魯德的名字，神龍的靈魂就不會掌握主導權。只要龍的靈魂不掌握主導權，西格魯德就不會吃人。

西格魯德愣住了。

一個人苦思的時候，明明覺得一切都走進了死胡同，沒想到光是兩個人一起討論，就這麼輕易地找到了解決的方法。

『我可以繼續活下去嗎……』

『我不會讓你死的。我不是說過了嗎？我至少要調侃你一年。』

『可是……可是我……』

西格魯德注視著自己的身體。

——變成龍的身體。

『我現在是龍啊。有妳在我身邊的話，我確實能維持意識。可是，我的身體還是龍的樣子耶。妳也不想跟這種東西在一起吧？』

『笨蛋。我剛才也說過了吧？我可是龍巫女，不管是鱗片還是獠牙，我都看習慣了。』

布倫希爾德觸碰西格魯德的鼻頭。

（啊啊，原來如此……）

布倫希爾德心想。

——我之所以成為龍巫女，一定就是為了這一刻。

布倫希爾德回到城裡尋找法夫納等人。

西格魯德則留在神殿。他無法回到王宮。除了因為外表是龍以外，也因為他不會說人話，所以只能留在神殿。

布倫希爾德去找了城裡的無照醫師。假如身為通緝犯的法夫納要治療西格魯德王所造成的傷，應該會委託無照醫師。

布倫希爾德很快便找到法夫納等人。不出所料，他正接受無照醫師的診治。神龍的攻擊使他骨折，但沒有生命危險，馬上就能行動。

布倫希爾德帶法夫納與史芬前往神殿。

然後與成為龍的西格魯德見面，分享所有的事情經過。

因此落淚的人是史芬。

「就算是龍的模樣，西格魯德大人能回來真是太好了。真的太好了……」

西格魯德對忠臣史芬溫柔地叫了一聲。

「雖然我聽不懂您在說什麼……」

布倫希爾德輕聲笑了笑。布倫希爾德刻意不翻譯西格魯德所說的話。因為她認為就算不翻譯，史芬也能明白西格魯德想說什麼。

史芬仍然哭個不停。

「原來王國第一的騎士這麼愛哭呀。」

「我真的很高興。我還以為……一切都完了。我以為自己再也看不到……布倫希爾德大人笑著陪在西格魯德大人身邊的模樣。一想到我們不會再齊聚一堂，就讓我非常難過。」

史芬吸了吸鼻子。

「我以為我們一定會自相殘殺。」

布倫希爾德垂下眼睛開始想像。

那種未來也是有可能發生的。

只要任何一個地方出了差錯。

布倫希爾德和法夫納一起設法殺害西格魯德，而且史芬沒有發現西格魯德被神龍附身而為他戰鬥的話，他們四個人或許會迎接全軍覆沒的未來。

不過，那樣的未來並沒有發生。這應該是多虧了不認同仇恨的少女吧。

「……幸好我們談談了。」

「我們還有許多事要討論呢。例如今後對待西格魯德大人的方式、生活起居……布倫希爾德大人就是為此才叫我們來的吧？」

「沒錯，我需要你們的力量。」

第三章

他們討論了各式各樣的事。

既然西格魯德無法變回人型，該如何處理國王突然下落不明的事呢？

法夫納說：

「只能放任不管了吧。這樣恐怕會引起混亂，但也只是一時的。等到人們選出新的國王，事情就會落幕了。」

可是西格魯德反對。

『我想向人民坦承一切。當然包括我變成龍，以及以前神龍為了活命而吃人的事實。』

布倫希爾德翻譯了西格魯德所說的話。

「西格魯德大人沒辦法說人話，要怎麼坦承呢？」

「就由我來傳達吧。」

「布倫希爾德大人，您是不是忘了自己正受到通緝呢？被視為罪人的您帶著龍現身，還說『這頭龍就是西格魯德王』，您認為人民會相信嗎？」

布倫希爾德和西格魯德也知道，人民沒有那麼天真。

即使如此，兩人仍然沒有退讓。

『要讓他們相信或許很困難。不過我是國王，有責任對人民說實話。我不想讓神龍吃掉的那些人死不瞑目。要是隱瞞真相，我覺得自己就要真的變成龍了。』

布倫希爾德點頭。

法夫納似乎還是不贊成，這時史芬開口幫腔：

「就算人民有意反叛，我也一定會保護兩位的安全。」

史芬很高興。

在虛假的王手下工作的時候，他不得不以「為了西格魯德王」來說服自己，才能勉為其難地執行那些命令。不過，現在的他能夠毫不猶豫地為王而戰。

四人前往王宮，到處向大臣與家臣解釋現況。

想當然耳，他們大為震驚，而且心生懷疑。

正如法夫納的預測，許多人都不相信布倫希爾德等人。不過布倫希爾德等人拚了命地說明，於是漸漸有人開始相信。可是他們並不是因為被這份努力感動，才會選擇相信。

家臣之中也有人早就對神龍抱持懷疑的態度。越是身處高位或富有學識的人，就越容易對神龍存疑。公開發表這樣的言論就會遭到處死，所以他們才會保持沉默。他們沒有懷疑布倫希爾德，反而在聽了說明以後，覺得自己長年以來的疑問終於獲得了解答。

身處高位者支持布倫希爾德的態度發揮了很大的影響力，使得布倫希爾德等人可以一如以往地居住在王宮。儘管很幸運，對於已經預設會花上好一段時間來說服的布倫希爾德等人來說，簡直是白操心一場。

他們決定暫時謊稱西格魯德王的消失是因為病倒，趁著這段期間討論下一任國王該如何選出。

最主要的議題，就屬是否該讓成為龍的西格魯德繼續擔任人類的王。

反對的意見當然很多。既然神龍欺騙了人們，就更不該信任由龍來擔任的國王。

不過，認同西格魯德的聲音也絕對不在少數。

「即使化身為龍，西格魯德王仍然回到我們身邊，而且向我們傳達了真相。對人民如此真誠的王，王國史上別無他人。」

立刻有人出面反駁：

「我承認西格魯德王是一位出色的國王。但是實際上，國王已經不會說人話，而且連外表也不是人類。由這樣的生物來統治人民……人民真的能夠接受嗎？」

經驗豐富的臣子提出了折衷方案。

「選出一位攝政者怎麼樣呢？」

許多人都覺得這個方法最妥當，贊成這個提議。眾人推舉了幾位舉足輕重的大臣與重臣，但有人注意到一件事。

「應該沒有人比能與國王溝通的巫女大人更加適任了吧？」

王室發布了公告。

關於神龍的真相終於被攤在陽光下。

而討伐神龍的西格魯德重新登基為王，以及布倫希爾德將成為攝政者的事情也同時公諸於世。

民眾聚集在布告欄前專心地閱讀公告。

純樸的民眾相信了這則公告，接納布倫希爾德等人並憎恨神龍。

除此之外的民眾也接納了布倫希爾德等人。因為這樣一來就不會再出現活祭品或失蹤人口，他們沒有理由反對。

半數以上的民眾接受了西格魯德等人的統治。

即使如此，猛烈反對的民眾依然占了整體的三成左右。

神龍會守護人民。

古老的傳說在民眾心裡根深蒂固，恐怕無法輕易消除。

雖然西格魯德重新登基為王，相較於歷代國王，仍有許多人對此不以為然。他能夠繼續擔任國王是因為有過半數的大臣認可，但反過來說，這表示有將近半數的臣子對龍王西格魯德不服。

即使如此，西格魯德仍然能夠堅定自己的意志除了要感謝支持他的臣子，更是多虧了隨時陪在身邊的攝政者。

看著布倫希爾德努力處理陌生的攝政公務，他也覺得自己不該怨天尤人。

布倫希爾德等人這陣子始終忙於處理政事。

可是，不論有多麼忙碌，布倫希爾德都沒有離開西格魯德身邊。

特別是晚上，她一定會陪著就寢的西格魯德。

聽到布倫希爾德說要跟自己一起睡覺的時候，西格魯德先是漲紅了臉，冷靜下來之後用非常認真的表情說：

『布倫希爾德，雖然我已經變成龍，我還是一樣會有那種慾望。所以，如果妳睡在我旁邊，老實說我恐怕無法忍耐。而且，這種事情應該要照正規程序來吧？』

布倫希爾德就像看穿這一點一般說：

『一開始，你不是趁神龍睡著的期間搶回了身體的控制權嗎？你怎麼就不覺得神龍可能做出同樣的事呢？你睡著的期間毫無防備，應該更容易被奪走控制權。我是為了預防這一點，才會提議一起睡覺。』

西格魯德用狗一般的動作摀住臉。布倫希爾德竊笑著欣賞他的反應。

布倫希爾德發現，調侃西格魯德是一件很好玩的事。

姑且不論布倫希爾德的壞心眼，她的擔憂確實很有道理。

西格魯德體內的神龍靈魂只是被封住了，並沒有死去。他正虎視眈眈地窺探時機，試圖奪走身體的控制權。

西格魯德沉睡的時候正是好機會。因為他的意識會變得薄弱。神龍曾多次逮到能奪回身體的機會。

可是，每次都會聽見女人的聲音。

這個聲音會呼喚「西格魯德」。原本薄弱的意識會被喚回，強化西格魯德對身體的控制權。如此一來，龍的靈魂就再也沒有見縫插針的餘地。

只要讓布倫希爾德離開西格魯德一晚，就有機會奪走身體的控制權。

然而神龍已經沒有勝算。

每次聽到布倫希爾德的聲音，他就能感覺到自己的意識越來越薄弱。因為神的聲音命令他離開肉體。神龍日漸衰弱，只能等待消失。

在忙於國政的期間，半年過去了。

持續工作的努力似乎終於有了成果。忙得不可開交的每一天開始有了一點空閒。

布倫希爾德與西格魯德來到一座牧場。

這裡有許多小孩子，布倫希爾德會跟他們一起做牧場的工作。例如餵牛吃飼料，或是教孩子們如何擠奶，工作用的衣服都沾上了泥土。

這裡不是普通的牧場。

這座牧場同時也是孤兒或奧塔托斯人的收容設施，會僱用他們作為員工。布倫希爾德成立了這座牧場，不久前才剛開始營業。

布倫希爾德從以前就一直很想成立這樣的機構。社會大眾都認為奧塔托斯人無法成為正派人士，可是他們不只是生活環境原本就很惡劣，連能夠從事的職業都有限制，所以才不得不淪落至黑社會。這座牧場是改變社會結構的第一步，也是布倫希爾德成為攝政者才得以設立的機構。

認識艾蜜莉亞、被下藥的男人及法夫納，讓布倫希爾德下定決心改善奧塔托斯人的處境。她決定不再放棄自己看不見的那些人。

布倫希爾德的義舉讓王宮的許多人感到不悅。

他們認為把錢花在奧塔托斯人或孤兒身上，等於是把錢扔進水溝裡。抱有這種想法的官吏或貴族非常多，他們甚至把這個計畫當作小女孩的天真幻想，差點將它推翻。

不過，出乎意料的人說服了貴族們。

這個人就是法夫納。

他明明不擅長應付小孩子，卻強烈贊成經營這座牧場。

法夫納闡述了這座機構的價值。他說投資弱勢雖然需要時間，終究能夠回饋國家。因為他的論述很有道理，才能勉強說服反對派。

牧場的經營獲得認可的時候，法夫納對布倫希爾德說：

「請您建立一個家園……讓員工們彼此像家人一樣，互相關愛。」

牧場的小孩子比較多，是出於法夫納的提議。他認為除非是內心遭受摧殘而受傷之前的小孩子，否則恐怕很難將他人當作家人般關愛。

收容許多小孩子面臨到不少問題。例如年幼的孩子難以提供勞力，但法夫納暗中解決了這些問題。

儘管他為了牧場的經營而費盡心力，卻始終保持低調。理由仍舊在於無法喜歡上他人的本性。他害怕孩子們會看穿他不抱愛意的心態，也認為如此邪惡的特質不該進入孩子們的視野之中。

所以，這座牧場的經營者終究是布倫希爾德。

法夫納的憂慮恐怕是對的。現在牧場裡充滿孩子們的歡笑聲，那是孩子們跟布倫希爾德玩在一起的聲音。法夫納想必辦不到這種事。關愛與引導眾多孩子的布倫希爾德簡直就像降臨在馬廄的聖女。

西格魯德待在遠處望著布倫希爾德，心裡抱著想守護這幅景象的念頭。

西格魯德心懷不安。

王宮內有越來越多人私下反對布倫希爾德。對他們來說，布倫希爾德就只是個當上西格魯德的攝政者便得意忘形的小丫頭。

自己必須保護布倫希爾德。

待在布倫希爾德身邊的自己必須保護她。

西格魯德遠遠眺望著跟孩子們一起搬運牛隻飼料的布倫希爾德。布倫希爾德注意到他的視線便回以微笑。那是會讓西格魯德心跳加速的迷人微笑。

不過孩子們則不同。

他們一發現西格魯德，立刻就躲到布倫希爾德的背後，抓著她的衣服下襬。其中還有個女孩子哭了出來。

因為西格魯德的外表是龍。

大人不會對西格魯德的容貌表現出露骨的厭惡，但孩子就不懂得掩飾了。

所以，西格魯德不能幫布倫希爾德的忙，只能遠遠地看著她。

太陽即將下山的時候，布倫希爾德結束牧場的工作。

布倫希爾德從工作服換回洋裝，回到西格魯德身邊。她明明因為體力活而流了汗，身上卻不帶難聞的臭味，反而帶著淡淡的花香。布倫希爾德從小就帶有這種香味，現在回想起來，這應該是因為她的祖先是來自樂園的少女。

布倫希爾德騎到西格魯德的背上。接送她是西格魯德的工作，他們平常總是以飛行的方式往返兩地。

大大的翅膀拍動空氣，使得兩人的身體迅速上升。布倫希爾德環抱著西格魯德的手更加用力。

騎在龍背上俯視的城鎮美不勝收。

太陽即將西沉。上層是湛藍色，下層是朱紅色，兩者混合產生紫色的光芒。雖然色彩十分淡雅，卻銳利地滲進眼底。

城裡開始有零星的燈光亮起，那是篝火般的橙色光芒。溫暖的色調訴說著人們的生活。那些燈光下有人居住，生活在那裡。

西格魯德聽見布倫希爾德發出驚嘆。她很喜歡這幅景象。跟西格魯德一起看見的這幅景象令布倫希爾德深深著迷。

兩人抵達王宮，龍收起翅膀降落在露臺上。

天色已經完全暗下來了。

『今天早點睡吧。跟孩子們玩，讓我累壞了。』

兩人從露臺走進王宮內。這條路通往兩人的寢室。

不過，西格魯德的腳步很沉重。

自從說要一起就寢，她就每晚都會待在西格魯德身邊。多虧如此，神龍的意識已經如同風中殘燭。

他們必須一起入眠。若不這麼做，他體內的神龍或許會奪走這副肉體。

儘管如此，西格魯德也知道。

他們開始同寢之後過了半年，開始有人在背後用一些不堪入耳的詞彙稱呼與龍共枕的布倫希爾德。

「龍姬」還算是好的，有些人會稱她為「蜥蜴新娘」，甚至還有其他更令人忌諱的蔑稱。她已經被當成對非人者發情的野獸或魔鬼。

這一切都要怪自己的身體。別說是保護布倫希爾德了，自己光是跟她在一起都會使她的立場更加艱辛。

西格魯德用懦弱的聲音說：

『抱歉，我一定會早日恢復原本的身體。』

只要自己恢復人型，用難聽的綽號稱呼她的人就會減少。

布倫希爾德回過頭看著西格魯德。

『我想到了方法。我們去伊甸吧。那裡有一種稱為生命果實的水果，可以治好任何傷勢或疾病。那種水果應該也能治好我的身體，所以……』

西格魯德的話只說到這裡便中斷了。

因為某種花瓣般的東西觸碰到西格魯德那張鱷魚般的大嘴巴，阻止了他的懦弱吶喊。他嘗到了甜美的味道與香氣。

布倫希爾德的嘴唇溫柔地疊在西格魯德的嘴唇上。

這個舉動代表布倫希爾德接納了西格魯德的容貌，比任何語言都還要有說服力。

『姑且不論其他綽號——』

布倫希爾德輕輕移開花瓣笑著說：

『龍姬這個綽號聽起來很時髦，其實我滿喜歡的。』

西格魯德的想法全都被她看穿了。

而且，她不可能不知道別人怎麼稱呼自己。

正如過去的宣言，即使西格魯德是龍的模樣，布倫希爾德依然愛他。

如果西格魯德現在仍是人類的模樣，應該會落淚。布倫希爾德依舊願意接納面目全非的自己，這是多麼令人安心的事啊。

龍的身體無法流淚。

所以，他決定用言語代替。

『我喜歡妳。』

就像眼淚一樣，源源不絕。

『我打從心底喜歡妳。』

感情無止盡地湧出。

他從以前便戀上布倫希爾德。

可是，西格魯德這幾個月對她的愛慕與日俱增。

雖然她有些壞心眼的地方，其實非常關心自己。最近就連被她調侃，感覺也很快樂。光

是看著她笑，內心就感到幸福。所以，儘管他們總是睡在一起，西格魯德還是想更靠近她一點。縱使每晚都在一起，還是想花更多時間陪伴她。

就算布倫希爾德本身願意肯定西格魯德的容貌，兩人的處境也不會變好。用異樣眼光看待他們的人反而會增加也說不定。

然而西格魯德依舊忍不住這麼想：

『只要妳願意認同我，其他人都不認同我也無所謂。』

西格魯德想變回人類的身體，並不只是因為現在的模樣很醜陋。

如果能變回人類，他有些話想告訴布倫希爾德。

現在的模樣不適合說出那些話。

但是，他無法克制自己。

『我想讓妳成為我的王妃。』

西格魯德覺得自己很遜。他原本明明打算在變回人類之前都不說。

布倫希爾德說：

『我會讓你幸福。』

那本來應該是我的臺詞才對——西格魯德心想。

布倫希爾德是個女孩，柔弱又纖細。

雖然這句話很可靠，西格魯德卻覺得讓她說出這句話的自己很不爭氣。
布倫希爾德總是幫助、支持，以及守護著他。

兩人表白愛意的隔天。
法夫納一個人出現在神殿的地下洞窟。
眼前有著燦爛的「神之光」，就像巨大的火焰正在熊熊燃燒一般。
法夫納站在「神之光」前面思考。
他思考的事是關於自己的心。
（……神能夠治好我嗎？）
法夫納把手放到胸前。
這顆不完整的心。
不管怎麼鑽研醫學、多麼了解藥品，都治不好的這顆心。
（假如得到神的庇佑，我也能喜歡上，甚至關心他人嗎？）
自己能夠學會如何去愛嗎？
就像布倫希爾德或西格魯德那樣。
法夫納也想像普通人一樣，普通地愛上別人。這份渴望變得比過去還要強烈。

因為神龍的經歷對法夫納造成了衝擊。

法夫納很中意神龍。

神龍是無可救藥的惡徒。既然有那種惡徒存在，自己的邪惡也能得到原諒。這令法夫納感到安心。

然而神龍原本會從伊甸逃出來，就是因為愛上了一個女人。他不惜違背神的命令，也要忠於愛情。而且他先前會那麼寵愛布倫希爾德，也是因為在她身上看到昔日愛人的影子。

既然如此——

（連那頭龍都不如的我，到底算什麼呢？）

法夫納覺得世界上好像只有自己無法愛人，是有缺陷的生物。

所以，他開始會造訪神殿的地下。對現在的他來說，布倫希爾德他們……跨越了困難，被愛情與友情緊緊相連的兩人實在太耀眼，令他無法直視。

神殿的地下由於國王的命令，相關人員以外不得進入。在這裡一定可以獨處，是個令人放鬆的地方。

不過那竟然是在神的力量面前，對無神論者來說實在有點諷刺。

法夫納抬起頭注視著「神之光」。

藍色的眼眸目不轉睛。

「神啊，如果祢真的存在──」

他這麼呼喚。

「就實現我的夢想吧。」

聲音滲進鐘乳石洞消失。

法夫納暫時等待了一陣子，卻沒有任何變化。

這也是當然的。他根本不相信神。

即使親眼見到「神之光」，這一點也沒有改變。他並不認為這個能量體屬於神。他推測是古代有某種生物具有超乎常理的力量，留下了這個東西。

（即使退一步，承認眼前的這東西就是神──）

它也不可能拯救自己。不可能拯救連龍也不如的自己。

法夫納轉身背對光芒，離開了地下空間。

法夫納回到王宮的辦公室，開始整理關於伊甸的資料。他對照布倫希爾德替西格魯德轉述的內容及古老的文獻，整理出最新的資料。

他正在工作時，布倫希爾德來到辦公室。她的心情似乎很好。

「看來發生了好事呢。」

法夫納一邊協助布倫希爾德處理公務一邊這麼問。

「呵呵，看得出來嗎？你聽我說，法夫納，我最近應該會結婚。」

「哦……」

即使是情緒很平淡的法夫納，這時也表現出驚訝的樣子。

「那真是可喜可賀。您終於獲得王妃的地位了。」

他不必問也知道結婚的對象是誰。

「我不是因為能當上王妃才高興喔。」

「嗯……？」

對法夫納來說，事物的評價標準是財富或名譽。人們總是以此為優先。

不過，他馬上就明白了。

（啊啊，她是因為能與西格魯德大人修成正果才高興吧。）

「只有我這麼幸福，真的沒關係嗎？」

布倫希爾德心情好得幾乎要哼起歌來。現在的她是個戀愛中的少女。

法夫納不經意地注視著心花怒放的布倫希爾德。布倫希爾德察覺到他的視線說：

「嗯，你笑起來比較好看。」

「笑？我嗎？」

布倫希爾德拿起手鏡，照出法夫納的臉。

「我沒有笑啊。」

鏡子裡依然是個表情冷漠的男人。

「仔細看啦。你的嘴角有點上揚喔。」

看起來並沒有。

「因為太不明顯了，只有我看得出來嗎？」

法夫納差點回應：「別說什麼明顯不明顯了，我根本沒有笑。」但又改口說：

「……原來如此，我好像真的笑了。」

布倫希爾德很高興地說：「對不對！」

法夫納並沒有看到嘴角微微上揚的笑容，鏡子裡的自己只是面無表情。

不過，他想要相信自己確實在不知不覺間露出了笑容。

他很擅長嘲笑。這是自己唯一能露出的笑容。

原本只會嘲笑他人的自己如果能笑得無憂無慮——

（即使不依賴神，我也還有主人。）

法夫納挽留了正要走出辦公室的布倫希爾德。

「布倫希爾德大人。」

「嗯？」

她回過頭。

「六年前，您曾經說過，我可以喜歡您。」

「我確實說過。現在回想起來，這句話真令人害臊呢。」

「我真的可以喜歡您嗎？」

布倫希爾德輕聲笑了笑。

「可以是可以，但這可不是該對即將出嫁的女孩說的話呢。」

布倫希爾德說完便走出辦公室，去見西格魯德了。她似乎一刻也不想離開他。

法夫納對不在場的布倫希爾德說：

「謝謝您，我的主人。」

謝謝。

這句話對他來說，應該只代表粗心大意。

可是現在的他好像稍微理解了「謝謝」代表的意思。

那是法夫納一個人辦公到深夜的時候發生的事。

有人粗暴地打開了門。

法夫納原以為是布倫希爾德，但並不是。她早就已經睡了。

走進來的人是史芬。

他的臉一片通紅，看得出來相當醉，手上還拿著裝有葡萄酒的陶器。

史芬的臉上掛著愉快的笑容。

不過，他跟法夫納對上眼的同時，表情立刻沉了下來。

「就是那個眼神。我就是討厭你那個陰沉的眼神。你不能表現得稍微開心一點嗎？」

半夜突然來訪，他一開口便說出這種失禮的話。

史芬大步走進辦公室，用手指著法夫納。

「往後轉，不要看著我。」

「我沒理由聽你的命令。」

法夫納用生硬的語調回應：

「這樣啊，說得也是。因為你不是我的隨從嘛。既然如此，我只好往後轉了。」

史芬說完便在附近的椅子上背對著法夫納坐下來。

醉漢的行為令人難以理解。

「你來這裡做什麼？不要妨礙我辦公。」

「別這麼說嘛。就是因為整天念書，你的個性才會這麼討人厭。」

史芬把葡萄酒放在一旁的桌子上。

「今晚呢，我不是來找你吵架，是來找你喝到天亮的。」

「跟我……？」

「沒錯。聽說我們的主人要結婚了。我們身為隨從，老是互相針對也不好。」

史芬思考著要說些什麼，然後說道：

「我很討厭你。」

這句話實在不像是有意加深友誼的發言。

「我知道。所以你別煩我，快出去。」

「……雖然討厭，同時也敬佩你。」

出乎意料的一句話讓法夫納很驚訝。

更正確而言，史芬不只是敬佩法夫納。

而是嫉妒。

他是扶持陷入困境的布倫希爾德，讓她回到現今地位的功臣。法夫納身為隨從的能力無可挑剔。比起盲目服從冒牌西格魯德的自己，他優秀多了。史芬甚至希望自己也能跟法夫納一樣，幫上西格魯德的忙。

雖然個性與本質都互不相容，單就關心主人的態度而言，史芬認為自己與他一樣。所以，剛才那句話是史芬試圖與他和平相處的讓步。他想藉由認同對方的方式，儘量減少彼此的隔閡。

「你是打從心底為布倫希爾德大人著想吧。」

若非如此，他不可能願意如此犧牲奉獻——史芬這麼想。

不過，法夫納的聲音反而變得更生硬了。

「那是在說你吧？」

「……什麼意思？」

「我是說你很喜歡自己的主人。」

「你不也是嗎？」

「我還沒有自信。」

史芬不明白法夫納這句話是什麼意思。因為史芬怎麼看都覺得法夫納至今的舉動是因為喜歡布倫希爾德。

（……好吧，畢竟這傢伙是個哲學家。）

他肯定在想些自己從來沒想過的艱澀問題吧。

「我覺得你不必想得那麼複雜。」

「好像是，普通人似乎不會想得太複雜。你應該能直覺地理解那種感情吧。所以，我們只會雞同鴨講。」

「……你在瞧不起我嗎？」

「不是……我還有公務要辦，你不幫忙就出去吧。」

於是史芬放棄。自己跟這個男人果然合不來，彼此的對話完全沒有交集。難得都帶酒來了，可惜沒機會暢飲。

「好吧，我出去就是了。」

史芬應聲從椅子上站起來。

不過，葡萄酒的陶器依然放在桌上。

「你也應該稍微學著怎麼玩樂。」

史芬這麼說著，離開了辦公室。他明明想說：「不要勉強自己整天工作。」卻忍不住改成具有攻擊性的說法。史芬覺得自己這樣的態度真的很不好，有些自我厭惡。

就像一開始進來的時候，他粗魯地打開門，然後關上門。

史芬一出去，法夫納便鬆了一口氣。終於可以專心在工作上了。

他持續工作了一個小時。

然後，這才終於發現。

葡萄酒瓶還放在桌上。

這是史芬忘了帶走的東西。他只不過是忘了。

不過，法夫納並沒有如此解釋。他覺得史芬應該是出於好意，才會把東西留在這裡。因為他認為除了自己以外，任何人都具有溫柔的一面。

史芬走出辦公室前說過的話在腦中復甦。

「……好吧，就喝一點。」

法夫納拿出酒杯注入葡萄酒。

葡萄酒很美味。

幾天後，法夫納造訪了史芬的房間。

「我有事想談談。」

法夫納的手裡拿著一瓶葡萄酒。這是大量儲藏在王宮酒窖裡的東西，與史芬帶來的葡萄酒是同一品牌。

法夫納與史芬隔著桌子面對面。回想起來，這是法夫納第一次主動拜訪自己，所以史芬感到莫名尷尬。

法夫納一邊往酒杯裡倒酒，一邊對史芬開口說：

「你知道布倫希爾德大人正計劃要去學院上課嗎？」

「知道。我聽說是為了外交，要跟來自他國的使者或學者進行交流什麼的……」

自從驅逐神龍之後，王國也與牆外的國家開始交流了。

「她恐怕會頻繁離開王宮。不過這樣的話，我很擔心反西格魯德派的人馬。」

西格魯德與布倫希爾德有許多敵人。

例如神龍的信徒。

即使神龍的真相已經曝光，神龍的信徒仍然存在。這個國家長年以來都信仰神龍，不可能在短短幾個月內改變。他們不相信西格魯德等人描述的神龍惡行，反而認為這麼做是為了穩固西格魯德的統治權，才將神龍塑造成壞人。戰爭中的輸家被塑造成邪惡的一方是歷史的常態，所以信徒的想法也並不算膚淺。

除了這些單純的神龍信徒以外，被當作活祭品獻給神龍的孩子遺屬也對西格魯德抱有敵意。活祭品原則上會選擇無依無靠的孤兒，其次是奧塔托斯人，所以會有遺屬存在。身為獻祭被害人的遺屬對西格魯德有敵意，乍看之下好像是很奇怪的事。他們對西格魯德揭穿真相的行為感到憤怒。自己的孩子是殉教者，死得有意義——這樣的想法原本是唯一的安慰，如今卻得知他們都死得毫無意義，就連最後的安慰都遭到剝奪。他們也同樣堅決不承認神龍是邪惡的一方。坦白傳達真相雖然獲得許多人的正面回應，同時也以這樣的形式招人怨恨。

在王宮，他們被稱為反西格魯德派。

反西格魯德派之中特別激進的人唯一的願望，就是讓西格魯德受苦。

假如可以，他們更想殺死西格魯德本人，但本人是一頭看起來十分強壯的龍。

於是，矛頭自然會指向布倫希爾德。既然無法殺死本人，至少也要奪走他的摯愛。他們知道這是多麼令人痛苦的事。

所以布倫希爾德進入學院就讀，正好讓想要傷害她的反西格魯德派稱心如意。

「那麼……你要勸布倫希爾德大人別去上學嗎？」

「那可不行。如果屈服於壓力，布倫希爾德大人就會漸漸失去行動的自由。」

「既然如此，你打算怎麼辦？」

「我想拜託你護衛布倫希爾德大人。」

這就是法夫納拜訪史芬的目的。

史芬發出非常訝異的聲音。

「真的可以交給我嗎……？」

「你最可靠吧？畢竟沒有騎士能跟你並駕齊驅。」

「我不是那個意思……」

他的意思是：「把布倫希爾德大人的護衛工作交給我，真的好嗎？」

不過，他決定不再反問。

史芬知道法夫納的身體有障礙。

（他其實也想自己護衛吧。可是……沒想到他會特地來拜託我。）

史芬想回應法夫納的期待。他總是將布倫希爾德擺在第一順位，竟然會將布倫希爾德交給自己。因為同樣身為隨從，史芬知道這是多麼重大的決定。

只不過，他不知道法夫納為何會突然開始信任自己。

「我接下這份任務。」

然而，全心全意回應他人的信賴，就是史芬奉行的騎士道。

而且，成為公主的貼身護衛是騎士最光榮的使命。

史芬不禁高聲呼喊：

「我向這把魔槍發誓，一定會守護公主殿下。」

史芬擔任護衛的效果奇佳。

布倫希爾德開始進入學院就讀，但反西格魯德派完全沒有機會出手。

如果要打倒名震王國的第一騎士史芬，直接襲擊西格魯德本人還比較有勝算。

反西格魯德派每天都會跟蹤布倫希爾德。可是，她完全沒有離開史芬身邊的跡象。

布倫希爾德也知道自己被他人盯上了，所以當然不可能放鬆戒心。

從學院返回的路上，夜深了，城鎮早已陷入沉睡。

布倫希爾德在開往王宮的馬車內，對貼身護衛史芬說：

「史芬，謝謝你。」

史芬搖搖頭。

「千萬別這麼說。護衛公主是騎士的榮耀。」

「不，不只是這件事。你也跟法夫納成為朋友了吧？」

史芬差點噗哧一笑。

「您說這話真是令我驚嚇……」

「哎呀，難道不是嗎？我看到法夫納帶著葡萄酒走進你的房間。」

她好像是指前幾天，法夫納委託自己護衛布倫希爾德時的事。

原來如此。既然看到他拿著葡萄酒走進房間的樣子，會這麼誤會也很正常。

「很抱歉事實不如您的期待，我們並沒有成為朋友。他只不過是來委託我擔任您的護衛罷了。」

「這樣啊……真可惜。」

布倫希爾德明顯表現出失望的樣子。身為騎士，不該讓公主傷心難過。

不過，收回先前的發言並謊稱彼此是朋友，也不是騎士該有的行為。

「雖然我們並不是朋友，我很認同他的某些地方。」

這就是史芬能說的極限。

布倫希爾德用雙手握住史芬的手，大大的單眼盯著他看。

「既然這樣，你要站在法夫納這一邊喔。因為他這個人很容易被誤會。」

布倫希爾德的聲調非常認真。

身為騎士，不該用不真誠的態度回答公主。

「我明白了。如果我能幫上忙，我會站在他這一邊。」

布倫希爾德露出一臉滿足的表情。

「主人反過來擔心隨從很奇怪吧？」

「……是的。這對隨從來說甚至是一種恥辱。」

布倫希爾德用食指抵住嘴巴。

「那麼，就把這件事當作我們倆之間的祕密吧。」

「我明白了。」

竟然讓主人操心，簡直是不及格的隨從。不過，史芬並不覺得奇怪。他一路看著兩人的羈絆，反而認為這是理所當然的心境。

兩人接著繼續閒話家常，和樂融融的氛圍充滿了馬車。

然而過了一陣子，馬車突然停了下來。

史芬詢問駕駛發生了什麼事。

「有人擋在路上。」

史芬對布倫希爾德說：「請在馬車內稍等。」然後帶著魔槍下車。

一個男人站在馬車前阻礙通行。

男人深深戴著兜帽，低頭面向下方。

「讓開，你擋到我們了。」

史芬低聲說，男人卻無動於衷。

「如果你不讓路，我只好逼你讓路了。」

史芬用魔槍指向男人。

這個時候，男人抬起頭。不過，他並不是因為害怕魔槍。

「嘻嘻！」男人露出詭異的笑容。

他的嘴裡咬著一枚鱗片。要是布倫希爾德看見了，應該會立刻察覺到。

那是龍的鱗片。

男人吞下了鱗片。史芬第一時間不明白這是什麼意思，所以沒有馬上反應過來。

男人的身體爆炸般膨脹，轉眼間變成一頭黑龍。

就連史芬也陷入驚慌。

龍的眼神沒有理智。普通人吃下龍鱗只會變成到處作亂的邪龍，也無法變回原本的人類。然而，反西格魯德派即使賭上性命，只要能奪走布倫希爾德的命就滿足了。他們已經沒有任何東西能夠失去。

邪龍襲向史芬。邪龍是七名強壯的士兵聯合起來也敵不過的對手。

不過，接下來才是史芬可怕的地方。

他用長槍抵擋龍爪、彈開龍牙，對打了三次。

「喝！」

刀刃一閃，刺穿了邪龍的喉嚨。

「唔嗚……」邪龍發出不甘心的臨死慘叫，垂下頭死去。

這個騎士比邪龍更強。兩年前遭受邪龍襲擊的時候，史芬也打倒了兩頭邪龍。比當時更精湛的長槍術就連硬度勝過鋼鐵的鱗片也能破壞。

區區一頭邪龍根本不是對手。

史芬從倒地的邪龍身上拔起長槍，正要回到布倫希爾德所在的馬車。

馬車卻拋下史芬駛離現場。

駕駛已經變成反西格魯德派的人了。

「布倫希爾德大人！」

史芬追逐駛離的馬車，然而就算是王國第一的騎士，也追不上馬的腳程。

馬車在轉眼間遠去。

馬車內的布倫希爾德也沒有坐以待斃。理解狀況的速度是她比較快。

布倫希爾德拔出護身用的配劍，抵住駕駛的頸部。

「停車，否則我取你性命。」

她的語氣很冷酷。

可是駕駛沒有停車。

看到駕駛的反應，布倫希爾德明白了。

（對方看穿了我，知道我砍不下手。）

布倫希爾德無法殺人。

厭惡殺戮的她不論用多麼冷酷的語氣說話，聽起來都缺乏魄力。如此空洞的言語，「奮不顧身」的人輕易就能看穿。

（我該怎麼辦……）

這麼心想的時候，布倫希爾德的旁邊有一道雷光般的東西通過。

銳利的閃光貫穿了駕駛的胸膛。

是史芬的魔槍。

知道靠雙腳追不上的史芬擲出了長槍。

以渾身的力量與高度的集中力射出的長槍破壞了車廂，精準貫穿駕駛的心臟。若非受精靈寵愛的習武之人，不可能辦到如此的神乎其技。

駕駛垂下頭，使得馬車失去控制。車廂劇烈地左右晃動。突然襲擊馬車的衝擊讓馬匹陷入了恐慌。

（我得控制馬……！）

布倫希爾德馬上推開駕駛，試圖用鞭子控制馬匹。她懂得馬術。不過，對於陷入恐慌的馬，準確的鞭打方式也沒用，甚至可以說是反效果。拉著馬車的兩匹馬瘋狂掙扎，往亂七八糟的方向前進。

「啊！」

發出叫聲的時候，布倫希爾德的視野翻轉了。她搭乘的車廂開始側翻，少女的纖細身體被猛然拋出。

布倫希爾德最後看見的景象是夜空。

全身感受到強烈的衝擊。她知道自己的頭部狠狠撞上了石磚地。

布倫希爾德無力抵抗，就這麼失去意識。

一個男人靠近一動也不動的布倫希爾德。還有另一個敵人躲藏在馬車內。

男人對毫無防備的布倫希爾德使用手中的凶器。

為了讓她遭受比死還要悽慘的下場。

史芬馬上趕到布倫希爾德身邊。

布倫希爾德身旁有一名可疑男子。他將布倫希爾德抱起，正在做些什麼。雖然不知道詳情，可以確定的是必須阻止他。

史芬撿起掉在地上的石頭，朝男人投擲。石塊被吸向男人的頭部，隨著「咚」的一個聲音響起，男人的頭顱碎了。

殺了男人之後，史芬才終於趕到布倫希爾德身邊。

或許是不幸中的大幸，她的身體沒有明顯的外傷，看起來只是因為摔下馬車的衝擊而昏厥過去。

但是不知為何，她的嘴巴周圍沾著許多白色的粉末。

「布倫希爾德大人！」

史芬不停地呼喚並搖晃她，然而她完全沒有甦醒的跡象。史芬有不好的預感，因此不知所措。

（必須帶她去給醫生看看……不過，這種時間哪裡有醫生……不，現在不是說這種話的時候。就算要把診所醫生叫醒……不，等一下。比起診所醫生，王宮的醫生比較可靠。就算要多花一點時間，也應該給王宮的醫生診治。）

史芬儘管慌亂，還是抱著布倫希爾德奔向王宮。

替布倫希爾德診斷過後，醫師說：

「頭部的傷沒有什麼大礙，她應該很快就會醒來了。」

不過，醫師的表情莫名陰鬱。

「問題在於她嘴邊的藥粉。」

聽到藥粉的真面目，史芬非常震驚。

布倫希爾德遭到賊人襲擊。

聽說這件事的法夫納立刻前往醫務室。靠近醫務室的門時，他聽見恐怖的尖叫聲從病房裡傳來。那是女性的聲音。法夫納有不好的預感。

法夫納趕緊活動不靈活的身體打開房門。

「布倫希爾德大人！」

映入法夫納眼簾的是一幅令人難以置信的景象。

「去死！去死！你們這些怪物！」

布倫希爾德正在大吼大叫。法夫納第一次聽見她說出這種話。

她拿著護身用的短劍，胡亂揮舞著出鞘的劍。

布倫希爾德反覆說著：「我要殺了你們。」威嚇史芬和醫師。

法夫納一瞬間便掌握狀況。這是他曾在黑社會見過無數次的景象。

她被下藥了。那是為了讓人受到生不如死的制裁所使用的惡夢藥物。

那種藥會造成強烈的幻覺與幻聽，現在的她恐怕誤以為史芬與醫師是怪物了。她聽到的聲音想必也不是人的語言。

（我當然也一樣。）

布倫希爾德注意到法夫納，便用短劍指著他說：

「你這個龍怪物！」

在布倫希爾德的眼裡，法夫納看起來就像腐爛的龍屍。

法夫納曾在黑社會承受過好幾次憎恨的眼光，已經很習慣了。

可是，看到布倫希爾德對自己投射這樣的眼光，讓他感覺到一股滲進胸口的痛楚。那是既寧靜又冰冷的痛楚。

誰也無法阻止失控的布倫希爾德。

醫師根本沒有力氣壓制，史芬力氣大卻不擅長控制力道。史芬認為是自己沒有好好保護布倫希爾德才會變成這樣，所以愧疚感束縛了他的行動，使得他害怕讓布倫希爾德受到更多的傷害。

法夫納對醫師與史芬下達指示：

「醫生，請準備利尿劑。史芬去準備拘束具。」

法夫納沒有任何戒備的舉動，直接走向布倫希爾德。

史芬大叫：「危險！」

法夫納彷彿完全沒有聽見制止的聲音。

布倫希爾德發出野獸嘶吼般的叫喊，朝法夫納衝過去。

貫穿衣服與皮肉的聲音隨之響起，短劍刺進了法夫納的腹部。

法夫納沒有護著自己的身體。因為他認為沒有必要。

（反正這副身體也動不了。）

事到如今再多幾個傷口也沒有多大的差別。

隨從不會對主人展現任何敵意。

「噫……噫噫……」

這樣的反應反而讓布倫希爾德感到害怕了吧。她放開短劍，哀號著向後退。

「救救、我……救救我，法夫納……」

布倫希爾德就像個年幼的孩子，一次又一次地用指甲抓著再次靠近的法夫納。

（我見過類似的情況。）

那個人會收留孤兒。所以，她全身都布滿了抓傷。因為她想要打開孤兒的心扉。

看到那樣的妳，我打從心底認為妳很愚蠢。

這一點到現在仍舊沒有改變。

身受許多抓傷卻依然對孩子展現笑容，試圖擁抱他們的女孩讓人十分焦躁，而且打從心底感到愚蠢。

「所以——」

法夫納把布倫希爾德逼到病房角落。

然後，他用雙手抓住布倫希爾德。

「請不要讓我做出如此愚蠢的事。」

——這種事不是我的工作。

被布滿抓傷的隨從擁抱的時候，布倫希爾德低聲呼喚：

「法夫……納……？」

抵抗與發狂停止了。

並不是因為惡夢已經結束。現在的她仍然看得到像龍的怪物，也沒有聽見任何言語。

不過，她已經不再攻擊怪物了。

第四章

法夫納為布倫希爾德穿戴拘束具，然後開始著手治療。

她被迫服下的藥若殘留在體內，會摧毀心智。而且從症狀看來，可以知道她攝取了相當大的劑量。

首先要做的是排毒。

法夫納比醫師更熟悉排毒的方法，他讓布倫希爾德喝下大量的水並服用利尿劑。這是醫師指示的普通排毒方法，但法夫納斷言這個方法救不了布倫希爾德。他吩咐傭人準備大量的藥草茶，因為他知道藥草茶有很強的排毒效果。針對飲用量，法夫納也下達了準確的指示。就算讓患者一口氣喝下大量的水分，排毒的效果也不強。讓布倫希爾德喝下適量的藥草茶，她體內的毒素便迅速排出。法夫納也讓布倫希爾德浸泡在添加香料油的浴池中，這麼做可以讓毒素連同汗水一起排出。法夫納的知識與熟練的處置手法，連醫師都不禁讚嘆。

他對這種藥物很熟悉也是理所當然。這種藥物的原型，就是他為了治療自己的心所調配出來的東西。

經過一整天的排毒，總算是度過難關了。

雖然暫時不會因中毒而死，她身上的拘束具還是不能解開。幻覺與幻聽仍然持續著，這幾天都不會平息。

排毒的作業仍然要繼續進行，接下來反而才是重頭戲。這個時候如果掉以輕心，她就會像先前那個實驗品一樣，一輩子受幻覺所苦。

法夫納無時無刻不待在布倫希爾德身邊。除了他以外的人一接近，布倫希爾德就會發狂。即使對象是西格魯德也一樣。

西格魯德——他現在也處於與布倫希爾德的病情同樣棘手的狀態。

他已經一整天都沒有聽到布倫希爾德的呼喚了。

布倫希爾德的聲音可以封印神龍的靈魂。沒有聽見她的聲音，就表示西格魯德何時被神龍掌控都不奇怪。

而西格魯德本身比誰都更了解這件事的危險性。

西格魯德陷入自我厭惡。

（因為我這頭龍成為國王，布倫希爾德才會受傷。）

他很清楚，這次的襲擊事件並不是沒有財力的平民所策劃。用於犯案的毒藥價格高昂，

平民無法輕易購得，而且也很難取得龍鱗。神殿與王宮平常不會對外開放，所以外人很難撿到掉落的龍鱗。況且，只有王宮的極少數人知道人類吃下鱗片就會變成龍。宮廷內的反西格魯德派將鱗片交給平民，教唆他們犯案的情況並不難想像。

西格魯德將史芬叫到自己的房間。

他們語言不通。身為龍的西格魯德只會說「龍之言靈」，而史芬聽不見。

（我恐怕會被神龍掌控。）

他能感覺到神龍的意識正在漸漸增強。現在的布倫希爾德根本認不得西格魯德，並不是能顧及他的狀態。

（所以史芬，我有事想拜託你。）

西格魯德用鼻子指向史芬的魔槍。

「……您要我在神龍奪走您的意識時，將您殺死吧。」

西格魯德點頭。

「不可能。我的主人不可能輸給神龍。」

史芬會這麼斷言，是因為他想要如此相信。

史芬用苦澀的表情說：

「而且……兩位的大喜之日不是就要到了嗎？」

他指的是布倫希爾德與西格魯德的婚禮。準備工作正如火如荼地進行中，兩週後就要舉行了。

史芬這時會提到婚禮，是因為想激勵西格魯德。史芬想相信堅強的心智不會輸給神龍的意識。

（我也不想輸給神龍。我的命是布倫希爾德救回來的，所以我想跟她共度下半生。雖然我這麼想，我身為國王不會撤回命令。布倫希爾德來得及康復最好，萬一事與願違，我只能依靠你了。）

假如沒有布倫希爾德的聲音，能打倒神龍的人只有史芬。

「為何您總是要下達如此殘酷的命令呢？」

就算聽到這個問題，西格魯德依然凝視著史芬的長槍。

國王不願意傷害國民與心愛之人的念頭比誰都強烈。

隨從也不得不回應他。

「……遵命。」

倘若這就是主人的命令。

開始排毒的五天之後，布倫希爾德恢復了正常的意識。

布倫希爾德首先擔心的是西格魯德。

她馬上叫西格魯德前來病房，然後試圖呼喚他。

不過過程並不順利。因為後遺症的關係，她沒辦法順利發音。

醫師說：「這只是暫時的症狀。最慢會在一個月內康復。」

如果無法順利發音，就連「龍之言靈」也沒辦法使用。

（請幫她準備紙筆。）

西格魯德想用肢體語言拜託法夫納，但法夫納在那之前就將事先準備的羊皮紙與羽毛筆拿出來了。他早已預料到這個後遺症。

布倫希爾德用羽毛筆寫起文字。

——西格魯德，你還好嗎？意識有沒有變薄弱？

『我沒事。』

——真的嗎？

『嗯。神龍的意識確實變強了，但也只有這樣的樣子。看來身體的控制權已經屬於我，除非我讓出控制權，否則神龍都無法出來。』

（也許是我每天都跟你說話的成果吧。）

『而且……』

西格魯德先看了史芬一眼，然後說：

『我已經命令史芬，如果有什麼萬一就殺了我。』

布倫希爾德低下頭。

——不要放棄活下去。

布倫希爾德在理智上也明白，在自己恢復發聲能力之前，如果西格魯德被神龍掌控，殺了他是最妥當的選擇。神龍能使用妖術，因此不能置之不理。

不過，就算心裡明白，她也想極力避免西格魯德死亡。

『我知道。除非逼不得已，否則我也不會放棄。』

聽到他這麼說，布倫希爾德稍微放心了。

（情況好像沒有我想得那麼糟。）

布倫希爾德接著對三人道歉。

為添了麻煩與擔憂的事情道歉。

她特別對法夫納深深低下頭。雖說當時處於錯亂狀態，自己卻刺傷了他。幸好布倫希爾德很柔弱，所以傷口很淺，但如果傷及內臟，就算他因此而死也不奇怪。

「請別放在心上。反正我的身體本來就動不了。」

雖然法夫納完全不介意，布倫希爾德還是沒辦法釋懷。

五天後就是婚禮了。

婚禮會在神殿舉行。或許是因為西格魯德是龍王，才有人認為適合舉辦在龍的神殿。自古以來國王的婚禮都是由全體國民一同慶祝。為了炒熱氣氛，王國會無償提供食物給民眾。當天會有許多廚師到現場擺攤，用料理招待民眾。只要是為了慶祝婚禮，不論想吃多少都沒問題。因此，民眾的參加率非常高，是一場沒有階級之分的盛會。許多民眾都十分期待這場活動。

隨著婚禮將近，布倫希爾德漸漸開始感到坐立難安。

（……我總覺得不對勁。）

對於西格魯德現在還保有自我的事。

西格魯德曾說過，身體的控制權已經屬於他，所以不會再受到神龍掌控。

不過，布倫希爾德的腦中不禁萌生一個……非常不祥的可能性。

——會不會是龍的意識正在扮演西格魯德？

假設前幾天重逢的時候，神龍與西格魯德的靈魂就已經調換。

（連我都覺得自己是個討厭的女人……）

儘管像個花樣少女般沉浸在戀愛中，卻也會為這種事產生莫名的擔憂。所以，即使對象是喜歡的人，她也忍不住用懷疑的目光看待。

她也認為或許是自己想太多了。

假設內在是神龍，布倫希爾德不明白他為何要假扮成西格魯德。為什麼不傷害布倫希爾德，也不逃走，而要選擇以西格魯德的身分繼續生活呢？

煩惱的她，腦中浮現出法夫納的臉。

該跟他談談嗎？

可是，布倫希爾德很不情願。如果是自己想太多……

四人說不定會因為這次的商量再度分崩離析。

假如自己找法夫納商量，法夫納毫無疑問會對西格魯德投射接近敵視的目光。

最重要的是，布倫希爾德也想相信西格魯德所說的話。

布倫希爾德經過一番煩惱，於是作出決定。

「布倫希爾德大人所想的事，我也有考慮到。」

王宮地下的酒窖鮮少有人來訪，很適合商量祕密。在並排的酒桶之間，布倫希爾德向法夫納提起自己的不安。

布倫希爾德用羽毛筆在羊皮紙上寫字。

——你為什麼不在發現的時候告訴我呢？

她並沒有責怪的意思，只是覺得這不太像法夫納的作風。

法夫納應該是個遠比布倫希爾德更現實的現實主義者。布倫希爾德會成為現實主義者，就是源自於他的教導。而且像法夫納這樣的人，一旦發現西格魯德是敵人的可能性，應該會在當下就告知布倫希爾德，並帶她遠離西格魯德才對。

法夫納說：

「因為兩位互相喜歡著彼此。」

——那又如何？

「所以，我想兩位之間或許有不可思議的羈絆，也就是所謂的愛。我想布倫希爾德大人或許能透過愛，分辨西格魯德大人所說的話究竟是不是實話。」

布倫希爾德傻眼了。法夫納這番話未免太過不切實際。

——姑且不論愛，我可沒有那種超能力。你到底把我當作什麼了？

「我只是將您當作一位遙不可及的人。」

法夫納注視布倫希爾德的眼神也像在遙望遠方。

布倫希爾德長年與法夫納相處，不過直到最近才發現一件事。

他雖然身為現實主義者，卻也具有極度偏向浪漫主義者的一面。

他以前也曾經表現出矛盾的態度。暗殺西格魯德的那天晚上，布倫希爾德問他該如何保住西格魯德的意識，他竟然回答：「對他喊話吧。」就算是小孩子，恐怕也不會說出如此純真的答案。

（這個人或許想相信愛與正義吧。）

他或許對愛與正義抱有某種幻想。

「回到正題——」法夫納說。

「既然布倫希爾德大人這次會找我商量，我就可以大致評估愛的力量了。愛並非萬能。所以，您才會擔心神龍正假扮成西格魯德大人。」

——如果真的是這樣，你覺得神龍的理由是什麼？

「我想他應該想取布倫希爾德大人的性命。」

——那樣的話，我應該早就沒命了。直到今天為止，他有很多機會能殺了我。

「或許是因為有什麼暫時不殺的理由。比如說復仇。復仇者不會讓自己深惡痛絕的對象死得輕鬆。如果自己隨時都能殺死對方，那就更不用說了。他會蹂躪對方所珍惜的人事物，藉此達成復仇。就我所見……」

法夫納想像神龍的企圖。

「在婚禮上動手是最好的時機。在民眾的注目之下，趁著布倫希爾德大人要獻上誓約之

吻的時候殺人，最能夠羞辱對方。恐怕沒有什麼下場比這更悽慘的了。」

布倫希爾德開始思考。

（……復仇。）

布倫希爾德認為不無可能。神龍非常喜歡自己。雖然很噁心，那或許是愛。既然遭到自己背叛，憎恨的感情肯定也很強烈。

婚禮現場幾乎不會部署武裝士兵，布倫希爾德也會穿上沉重的禮服，使動作變得遲鈍。這確實是下手的好時機。

——既然如此，婚禮還是延期比較好吧……

「沒錯。就宣稱毒素尚未退去，宣布延期吧。時間站在我們這一邊。我們只要等待您的聲音恢復就行了。」

只要等到聲音恢復，布倫希爾德一聲令下即可。不論現在的意識是西格魯德還是神龍，這麼做就能解決問題。

隔天，法夫納宣稱布倫希爾德需要密集的排毒治療，帶她遠離西格魯德。儘管法夫納認為神龍不會在婚禮當天之前襲擊布倫希爾德，他沒有確切的證據。

自從布倫希爾德開始躲著西格魯德，已經過了幾天的時間。

史芬在自己的房間進行自我鍛鍊。他平常都會在訓練場鍛鍊，但現在已經是晚上了。

史芬每次有什麼煩惱，就會活動身體。運動的時候，大腦就不會思考多餘的事。

史芬煩惱的是自己的無能與不爭氣。

如果自己像法夫納一樣聰明，或是像布倫希爾德一樣懂得龍的語言就好了。

他深刻體會到，光是力氣大、會用長槍，根本什麼忙也幫不上。即使如此，他也只能繼續鍛鍊自己。

某人敲響了史芬的房門。

一瞬間，史芬的腦中浮現法夫納的臉。不過，他馬上察覺那是不可能的。現在的他不可能離開布倫希爾德身邊。

史芬打開門，便看見外表是龍的西格魯德。

「這麼晚還來拜訪，有什麼事嗎？」

西格魯德用龍的聲音說了些什麼。史芬聽不懂他所說的話。

「布倫希爾德大人在……」

史芬下意識地尋找布倫希爾德，但她當然不在。布倫希爾德正在某處接受治療。

史芬看著西格魯德的眼睛。從史芬的角度來看，他的眼神好像很寂寞。

自從西格魯德以龍的姿態回歸，時間已經過了一年。布倫希爾德一直陪著西格魯德，他們相處的時間比史芬這個隨從還要長。

「布倫希爾德大人突然不在，您一定很寂寞。如果您不嫌棄，讓我來陪伴您吧。」

史芬邀請西格魯德進到房間裡。

雖然邀請他進房，史芬發現自己無法為他做更多的事。

（如果我能說「龍之言靈」，至少就能跟西格魯德大人聊聊天了……）

正當他這麼想的時候——

『史芬，你聽得見嗎？』

聽見這個聲音，史芬嚇得差點跳起來。

（剛才那種像是對內心說話的聲音是什麼？）

房間裡只有自己和西格魯德。

（難道剛才那是西格魯德大人在說話？）

『聽得見就回答我吧。我現在正用龍的語言跟你說話。』

這是謊言。他所說的語言稱為「真聲語言」。

「真聲語言」是遠古時代人類被區分為不同民族，開始使用多種語言之前所使用的語言。真聲語言能夠與任何生物溝通。不論對方的智能與知識到什麼程度，真聲語言都能傳達想傳達的意思，是一種萬能的語言。

這種語言只有伊甸的居民能夠使用，並不是西格魯德會說的語言。

這個國家能使用這種語言的，只有從伊甸逃到此處的龍。

布倫希爾德的推理是正確的。

這頭龍已經不是西格魯德。他的意識早已被驅趕至深處。

出現在史芬面前的，是假裝成西格魯德的神龍。

然而，史芬當然沒辦法察覺到這一點。

他感動不已。

「我聽得見，主人。」

他很高興能聽見主人的聲音。

「可是，為什麼我突然能聽見『龍之言靈』了呢？」

史芬從來沒有聽過「龍之言靈」或「真聲語言」，所以就算對方謊稱「真聲語言」是「龍之言靈」，他也沒辦法區別。

『既然布倫希爾德能憑藉愛的力量把我的意識喚回，你能憑藉忠誠的力量理解我的語言也不奇怪吧？』

這番話相當狡猾。史芬正為自己的無力感到灰心喪志，所以這番話聽起來特別悅耳。誰能責怪因此而高興得飄飄然的史芬呢？

「啊啊，吾王，我……我的忠誠並沒有錯吧。」

史芬會流淚也無可厚非。

（我已經很久沒聽見主人的聲音了。）

史芬最後一次聽見主人的聲音，是在一年前的夜晚。暗殺神龍的那一晚就是最後一次。

自從那天開始，西格魯德就不再是西格魯德了。

四人和解並開始一起生活是在半年前。不過，這個時候的西格魯德是龍的模樣，無法用人的聲音說話。他所說的話會由身為巫女的布倫希爾德轉述。

史芬已經許久沒有聽見敬愛的主人對自己說話。

如果沒有一年的空白，他是否能注意到呢？

注意到自己終於聽見的聲音，其實來自冒牌貨。

『史芬，我有件事想特別拜託你。』

「沒問題，我願意實現您的任何要求。」

史芬覺得現在的自己即使要面對傳說中的巨龍，也絕不會輸。

『是關於三天後，我和布倫希爾德的婚禮。』

「我聽說了，婚禮要延期吧？」

前幾天，突然有婚禮要延期的風聲出現。法夫納表示布倫希爾德的狀況不理想，因此提出這個建議。

『不，婚禮要在原訂日期舉行。我已經這麼命令臣子們了。』

「在原訂日期舉行……？」

史芬覺得有些不對勁。

西格魯德非常重視布倫希爾德。布倫希爾德的病情明明惡化了，他怎麼會想勉強舉辦婚禮呢？

西格魯德說：

『婚禮是幾十年一度的慶典，所以民眾都很期待婚禮的到來。我不想讓他們的笑容蒙上陰影。』

「原來如此，吾王說得是。」

史芬稍微明白了。為了民眾的笑容，確實很像西格魯德會有的想法。

不過，史芬仍然提出建議：

「請恕我直言。我非常能體會西格魯德大人為民著想的心意，但這次是不是應該優先考慮公主殿下的身體狀況呢？畢竟也不必急著舉辦婚禮。」

西格魯德用難過的表情低下頭。

『……布倫希爾德其實不是身體狀況不好。』

「您說什麼？」

『我看到布倫希爾德很有精神地跟法夫納說話的模樣。』

西格魯德繼續說：

『現在回想起來，她說自己身體狀況不好的時機也很奇怪。就像要躲著我一樣。』

關於這一點，史芬也覺得很弔詭。據說布倫希爾德目前正在離宮調養身體，但她實在不像還需要集中治療的狀態。而且史芬也曾經想去離宮探望布倫希爾德，卻沒有得到會面許可。史芬當時也有被刻意躲避的感覺。

「也許……公主殿下已經康復了。可是既然如此，她為什麼要躲著西格魯德大人呢？」

『說不定……布倫希爾德根本不想跟我結婚。我總覺得她有別的心上人。她會不會其實想跟法夫納在一起呢？』

「不可能！」

史芬反射性地回答。

兩人確實有緊密的羈絆相連，但史芬實在不覺得其中包含男女之間的好感。

『很難說吧。就連中毒而發狂，變得六親不認時，她好像也只認得出法夫納。她明明連我都認不出來。』

「這……」

聽到這個例子，史芬無言以對。不過，即使如此，史芬仍然不覺得布倫希爾德會對西格魯德以外的人懷抱愛意。

『我不怪布倫希爾德受到法夫納的吸引……畢竟我的身體不是人類。』

聽到這句話，史芬恍然大悟。

（西格魯德大人只是很不安而已。聽說他從以前就一直覺得自己的外表配不上布倫希爾德大人。）

這是史芬從布倫希爾德口中聽說的事。她曾經對史芬吐露：「我一點也不介意西格魯德是龍的樣子，但他好像很自卑。」

『就像你說的，婚禮真的該延期嗎？也許布倫希爾德根本不會出席婚禮吧……』

「不，照常舉辦婚禮吧。我一定會讓布倫希爾德大人出席。」

史芬用強而有力的語氣說：

「請交給我，我一定會替主人消除所有的擔憂。」

史芬覺得西格魯德的表情似乎亮了起來。

『這樣啊，你願意替我帶布倫希爾德來參加婚禮嗎？』

「我向心中的忠誠發誓，一定會做到。」

接下來，史芬盡情與主人暢談了一番。

他有許多想說的話、想問的事。

史芬不斷傾訴，並聆聽主人的聲音直到天亮。

隔天，三名醫師來到布倫希爾德所在的離宮。他們被派來確認公主的狀況。法夫納說有自己替她診治，所以不需要幫忙，卻沒能將他們趕走。因為醫師們是奉騎士史芬的命令而來。史芬的地位比法夫納更高，而且法夫納並非正規醫師的事也終於造成了影響。他的知識雖然比醫師更豐富，卻只是自學的結果。

到頭來，醫師們為布倫希爾德看診，得出參加兩天後的婚禮也沒有問題的診察報告。

婚禮延期的申請遭到駁回。

醫師們回去以後，布倫希爾德在病房用羽毛筆寫字。

——既然對方這麼堅持舉辦婚禮，就表示我們的推理果然是對的吧。

「恐怕是。現在幾乎可以確定西格魯德大人已經不是西格魯德大人了。而且他想必會在婚禮上出手。」

如此一來，布倫希爾德便不得不出席婚禮。面對會採取如此強硬手段的對手，布倫希爾德繼續假裝臥病在床也沒用。

布倫希爾德寫下文字。

——要不要逃走，等到聲音恢復呢？

「我們當然應該這麼做，不過……」

法夫納望向窗外。

外頭有幾名騎士，他與其中一個人對上了眼。

「應該有人在監視我們。」

直到兩天後的婚禮為止，布倫希爾德恐怕都很難外出。

法夫納在心中咬牙切齒，恨自己太過天真。

法夫納原以為神龍會為了隱瞞真實身分而謹慎地行動。雖然透過這次的大動作，可以確定西格魯德已經變成神龍，可是完全被對手搶得先機了。

不過即使如此，還是有方法能應對。

（殺了神龍就好。）

對手幾乎毫無疑問是神龍，那麼只要殺死他就好。如果只考慮到布倫希爾德的生命安全，這麼做即可。然而單是殺死對手，也會留下後患。他們會變成刺殺國王的逆賊。因為沒有證據可以證明西格魯德的內在是神龍。

（如果要殺他，就要先讓他露出馬腳……）

布倫希爾德把羊皮紙拿到陷入沉思的法夫納眼前。

——你打算殺了西格魯德嗎?

仰望法夫納的眼裡浮現不安的神色。法夫納這才驚覺。

法夫納已經將國王認定為神龍,但對布倫希爾德來說,他仍然是西格魯德。

對於喜歡上他人的心情,法夫納還沒有自信能夠理解。

不過,至少可以想像。

「我不會殺了西格魯德大人,而是思考不殺他的手段。所以請您將這件事情完全交給我處理。」

聽到這番話,布倫希爾德決定交給法夫納。

——我會再相信你一次,我的隨從。

隔天就是婚禮了。

史芬前往離宮。因為他有事想向法夫納確認。

他抵達法夫納位於離宮的房間前,此時正好有侍女從房間裡走出來。侍女的心情看起來很好。

(這還真是稀奇。)

從房間裡走出來的侍女帶著滿臉笑容,就表示她跟法夫納有一段愉快的對話。不過,史芬不覺得法夫納有那種社交能力。

（不，或許他也正在改變。他的個性雖然容易遭受誤會，卻不完全是個壞人。他應該也能交到朋友吧。）

史芬敲響法夫納的房門。

看到法夫納前來應門，史芬說：「可以打擾一下嗎？」

兩人隔著桌子面對面坐下。

他們過去曾一度互相敬酒。那個時候，房間裡充滿平和的氣氛。

可是，這個房間沒有那種氣氛。原因並不是離宮的裝潢與王宮不同。

法夫納很明顯對史芬抱有戒心。因為他巧妙地隱藏氣息，普通的騎士恐怕感受不到，不過史芬能夠察覺。

法夫納已經將史芬視為敵人。法夫納清楚知道，他是西格魯德的騎士。既然如此，即使本人沒有自覺或惡意，也應該將他當作神龍的斥候。

「……有什麼事嗎？」

發問的聲音也帶著微微的緊張感。兩人的關係原本看似變得友好，現在卻又化為烏有。

不過，史芬不明白他為何要如此提防自己。

「你為什麼要把布倫希爾德大人藏起來？她的身體明明已經幾乎痊癒了，你卻謊稱她身

體不適。」

這番話的聲音裡沒有敵意，也沒有責備的意思。

史芬來到這裡的其中一個理由是他對公主布倫希爾德許下的誓言。

公主曾經說過法夫納是容易遭受誤會的性格。所以為了避免誤會，史芬才想了解事實的真相。

「其中是不是有什麼理由？你這個人不會做沒有意義的事吧？」

聽到這番話的時候，法夫納發現史芬正試圖對自己釋出善意。所以，他的腦中閃過絕對不可能的發展。

（如果能拉攏史芬成為同伴——）

對於明天的婚禮，他已經儘量做好準備。可是，現在的狀態實在稱不上萬無一失。假如可以殺死神龍就另當別論，不過要在保住其性命的狀態下獲勝，難度相當高。

然而，倘若史芬加入我方，情況就完全不同了。

就連一年前，史芬都能跟神龍戰到兩敗俱傷。如今他的長槍術比當時更精湛，或許有可能完全戰勝神龍。

不過不可能。

法夫納想不到能讓史芬與神龍戰鬥的方法。即使內在是別人，這個騎士也不會對主人刀劍相向。

（別想些多餘的事。思考不會發生的可能性也是白費力氣。）

現在自己該做的事，就是趕走史芬。說得極端一點，自己就連一句話都不該對他說。這些話很有可能全部被洩漏給神龍。

法夫納十指交扣，瞪著對面的史芬。

不過這個時候，葡萄酒的香氣從某處飄了過來。

這是幻覺。他只是看見史芬的臉，才會想起酒香。

可是，即使知道這是幻覺，他的嘴巴仍然擅自動了起來。

「……西格魯德大人很有可能已經不是西格魯德大人了。」

法夫納想試著去相信人——就像自己的主人一樣。

史芬不明白法夫納這句話是什麼意思，因此愣住了。

「……你在說什麼？」

「我的意思是神龍正假扮成西格魯德大人，所以我才會讓布倫希爾德大人遠離他。」

經過一段咀嚼話中意思的時間，史芬突然激動地說：

「不可能！」

史芬的臉因憤怒而漲成一片通紅。

「我跟西格魯德大人暢談了一整晚，從我們第一次相遇聊到現在發生的事……那些都是神龍不可能知道的記憶啊！」

「你忘了神龍跟西格魯德大人共享一部分的記憶嗎？更重要的是，你是怎麼跟他暢談一整晚的？」

「我也能說『龍之言靈』了。」

「為什麼你能說？」

「因為我誠心誠意侍奉西格魯德大人，所以我的意念傳達到天上了……」

史芬咬牙切齒瞪著法夫納。

「你想笑我，說這根本不可能吧。」

「我不會笑，也不認為不可能。」

史芬吃了一驚。他以為按照法夫納的個性，一定會用理智的態度表示否定。所以史芬的內心湧現喜悅，認為他總算能同理自己了。

然而事實並非如此。

「可是，相較於意念傳達到天上，我能想到更有說服力的假設。」

「……你說說看吧。」

「因為『真聲語言』。」

法夫納從布倫希爾德口中聽說過各式各樣關於伊甸的事。因為他對生命果實很有興趣。為了了解這種能夠治百病的果實，他才會得知「真聲語言」的存在。

「神龍來自伊甸，所以應該假設他懂得『真聲語言』。」

「不對，那是『龍之言靈』。西格魯德大人是這麼說的。」

「你怎麼能分辨？你被神龍欺騙了……」

「閉嘴！」

史芬打斷法夫納。他粗魯地抓住法夫納的領口，硬是朝自己的方向拉過來。

「你最好慎選接下來要說的一字一句。假如你敢再侮辱我的主人，我可不知道自己會做出什麼事。」

法夫納可以確定。

他不是虛張聲勢。

現在的史芬正在氣頭上。他的本性雖然排斥無謂的殺生，一旦變得情緒化就無人能擋。即使撇開這一點不談，史芬也擁有超乎常人的臂力，相比之下法夫納很脆弱。他光是輕輕一碰，或許就能折斷脖子。

（……我就知道結果會是如此。）

明明早就知道了。

不論自己說什麼，都無法說服史芬。

「……史芬，我想幫助西格魯德大人。」

「別騙人了，你只關心布倫希爾德大人吧？」

「或許真是如此。不過，倘若西格魯德大人死了，布倫希爾德大人會非常悲傷。所以我無法殺死西格魯德大人。」

法夫納垂下眼睛說：

「因為我喜歡布倫希爾德大人。」

史芬睜大眼睛看著法夫納。

因為他覺得「喜歡」是距離法夫納最遙遠的詞彙。

「為了幫助布倫希爾德大人，我需要你的力量。」

史芬的腦中浮現自己跟布倫希爾德在馬車內的對話內容。

——你要站在法夫納這一邊喔。

（……現在正是時候吧。）

史芬也知道，法夫納說的話或許是對的。至少邏輯上說得通。就是因為如此，他才會變得情緒化。

（而且……）

史芬用為難的眼神看著法夫納。

他試圖依賴自己。史芬也有想回應他的念頭。

史芬知道法夫納會將布倫希爾德放在第一順位。這樣的他為了布倫希爾德而試圖依賴自己，這就表示——

（他很信任我……）

史芬喜歡受人依賴。

可是現在，他的依賴成了一份重擔。

因為苦惱，史芬陷入漫長的沉默。

但是到頭來，史芬還是說：

「……我是西格魯德大人的騎士，不能背叛他。」

史芬選擇遵守自己與主人的約定。

他認為法夫納的推理很有道理。不過，推理終究只是推理。

「身為隨從的我想站在主人這一邊。西格魯德大人說的話如果沒有人願意相信，那就太悲哀了。」

「這樣啊……好吧。」

兩人靜靜訣別。

史芬放開手中的衣服，作勢離開房間。

不過，史芬在離開之前遞出了某樣東西。

那是一把有美麗寶石裝飾的雙刃劍，是最高階的騎士才能獲賜的寶物。

「持有這把劍就能指揮我的騎士團，我要把它交給你。你可以用它來保護布倫希爾德大人……我想你應該能好好運用。」

騎士無法背叛主人。

然而對需要自己的人見死不救，也不是騎士該有的行為。

史芬把雙刃劍硬塞給法夫納之後，這才離開房間。

婚禮當天終於到來。

為了祝福國王與公主，全國人民都齊聚一堂。民眾蜂擁而來，享用免費的料理。住在附近的國民幾乎都來參加了。雖然他們會聚集在這裡是因為受到利誘，人一多就能炒熱氣氛。吃飽喝足之後，他們也就有心情祝福提供食物的國王與王妃了。

「西格魯德大人萬歲！」「為我們的偉大國王與王妃獻上榮耀！」

人民發出開朗的歡呼。在婚禮的祭壇上，各式各樣的人慶祝著這門婚事。舞孃表演舞蹈，音樂家演奏樂曲。也有演員配合歌聲，演出一齣戲。劇情是偉大的龍王引導國家，走向光明未來的內容。快樂的民眾也高聲歌唱，並且手牽手跳起舞來。

宴會達到最高潮的時候，新人進場了。

新娘要在裝飾華美的祭壇獻上一吻。

西格魯德從天空出現。他隨著一陣強風降落在舞臺上的英姿，使觀眾歡聲雷動。

「龍王！龍王！」「我們的龍王！」

龍王降落後，接著輪到布倫希爾德進場。

在隨從法夫納的引導之下，公主走了過來。

一道點綴著花朵的路通往祭壇。這條路是專為新娘訂製的。從這裡開始，隨從也不能陪同前行。

公主一度用不安的眼神看著隨從，隨從用沒有感情的眼神回望她。然後，公主朝新娘之路邁出步伐。

她用端莊的步調踩在通往祭壇的路上。

公主身穿美麗且高雅的禮服。紅寶石項鍊十分亮眼。這是王室的傳家之寶，在宣誓愛意的夜晚被贈送給新娘。

淺黑色的頭紗從頭上的后冠垂掛下來。

莊嚴且神祕的頭紗遮住了巫女的臉。

抵達舞臺前的公主慢慢登上階梯。

彼此宣誓永恆的愛之後，獻吻的時刻到了。

龍垂下脖子等待妻子靠近。

妻子一靠近龍，便用纖細的手指撥開頭紗露出嘴脣。

她的嘴脣靠近龍的額頭。

這個瞬間，龍抬起頭。

龍的動作很快。公主或許連自己已經死去的事實都沒有發現。

觀眾應該會說，公主的頭顱在轉眼之間就消失了。

一開始響起的是撕裂某種東西的刺耳聲音。

龍王的血盆大口連同頭紗咬斷了王妃的脖子。

「公主殿下！」

某個民眾用害怕的聲音叫道。

公主的身體頹然倒下。同時，覆蓋臉部的頭紗如羽毛般滑落。

龍的嘴裡咬著的頭並不是布倫希爾德。

而是替身。

身在遠處的隨從高舉預藏的劍。

雙刃劍在陽光的照耀之下閃閃發光。

「進攻。」

法夫納的藍色眼睛冰冷地注視著龍。

原本跳著歡樂舞蹈的民眾之中，有一部分的人遵從寶石劍的號令，同時襲向龍王。他們並不是平民，而是史芬的騎士團引以為傲的菁英們。他們假扮成民眾，一直在等待號令。他們拿出藏在平民服裝內的武器，試圖活捉神龍。

替公主準備替身的是法夫納。

他用錢引誘了體格與布倫希爾德相近的侍女，而布倫希爾德不知道這件事。她一旦發現就會阻止，所以法夫納刻意隱瞞。她是一位不願讓自己以外的人遭遇危險的女性，不過這是法夫納能想到的方法中，可以將犧牲降到最低，而且勝算最大的策略。倘若知道法夫納為了避免替身做出不必要的舉動而沒有告知她任何危險性，布倫希爾德想必會非常鄙視法夫納。

替身的首級落地時，寫在羊皮紙上的文字閃過腦海。

——我會再相信你一次，我的隨從。

跟上次不同，就連法夫納也知道這次的策略會背叛主人的信賴。

即使如此，他也只能選擇這種手段。

——我總是在背叛主人。

菁英們揮舞的無數刀刃即將貫穿暴君之龍。

不論龍是多麼頑強的生物，都不可能化解所有攻擊。

然而，騎士們帶著些微的猶豫。因為活捉的命令而產生的猶豫，造成了致命的影響。

龍發出咆哮。人們不知道他說了什麼。不過，假如現場有懂得龍之語言的巫女，她應該聽得出來。

龍大叫：『殺了他們。』

突然間，祭壇開始大幅搖晃。

參加婚禮的民眾環顧四周，而且十分震驚。

「不會吧，怎麼可能……」

包圍祭壇的龍石像，以及排列在神殿裡的龍雕像——

彷彿被灌注生命，全都發出地鳴，開始動了起來。

不，這些原本就是生物。是神龍藏匿的私人軍隊。

他們是在遙遠的過去被變成邪龍的人類。

神龍命令他們「靜止不動」。邪龍能夠執行簡單的命令，而且只要是簡單的命令，他們就能永遠執行。

靜止的邪龍經過漫長的歲月，鱗片漸漸褪色、風化，變得如同石像。

如今接到新的命令，他們便開始活動起來。

為了執行「殺了他們」這個極度簡單的命令。

開始活動的龍同時襲向人類。

見到突然現身的幾十頭龍，法夫納的菁英們也慌了。他們事前並不知道會發生這樣的狀況。法夫納也沒有料到。

看著開始活動的龍石像，法夫納一方面覺得被將了一軍，另一方面也很佩服對手。敵人並沒有躲起來，一直都潛伏在我們面前。

神龍選擇在婚禮下手，不只是因為布倫希爾德的戒備會變得薄弱。法夫納認為他想命令這些伏兵確實殺死布倫希爾德。

（包圍王國的龍像……恐怕全都是神龍的僕人。）

神龍沒有錯過菁英們退縮的空檔。他用強韌的尾巴與爪子打亂騎士們的陣型脫離困境，我方完全失去了奇襲的優勢。

因為是祝賀的場合，現場只有一般民眾與武裝不足的騎士。派得上用場的戰力幾乎只有法夫納準備的菁英。

神龍開始與邪龍一起蹂躪群眾。

親眼見到令人絕望的戰力差距，法夫納領悟了。

自己恐怕會死在這裡。他並沒有足夠的武力能突破成群的龍。

不過，他也鬆了一口氣。因為他沒有將布倫希爾德帶來這個地方。雖然只有一點，在最重要的一點上，自己搶先了神龍一步。縱使沒能完全讀出神龍的心思很令人不甘心，就結果而言也算勝利了吧。

龍從神殿移動到城鎮還需要一點時間。婚禮的賓客之中，應該有幾成的人能逃回城鎮傳達異狀。布倫希爾德很聰明，肯定能想出克服困難的好方法。只要布倫希爾德的聲音恢復，王國就能重振旗鼓。

法夫納的職責已經結束，他甚至沒有理由抵抗。

（不過，如果可以……）

法夫納舉起雙刃劍。

時間稍微回溯。

獻上誓約之吻的大約一小時前。

布倫希爾德身在貝倫的店。是法夫納安排她待在這裡的。她假裝要換上新娘禮服，卻穿著侍女的服裝逃出王宮。

（雖然法夫納要我全部交給他，乖乖地等待……）

關於自己擬訂的策略，他對布倫希爾德隻字未提。布倫希爾德相當堅持要他說出策略的內容，他的態度卻是前所未有地頑固，始終沒有鬆口。所以，既然已經說要相信他，布倫希爾德也只好退讓。

儘管如此，她總覺得坐立難安。

她很擔心。雖然布倫希爾德很信任法夫納，萬一他遭遇不測……

布倫希爾德無法壓抑焦慮的心情，在室內來回踱步。她就是冷靜不下來。

這時有人打開房間的門。

「布倫希爾德大人？」

是史芬。

（史芬？他怎麼會在這裡？）

今天是西格魯德的婚禮。史芬身為西格魯德的親信，應該要出席才對。而且布倫希爾德身在貝倫的店這件事，照理說只有法夫納知道……

「布倫希爾德大人，您怎麼還在這裡？婚禮都已經開始了。」

布倫希爾德無從辯解。自己出現在城裡才是更加奇怪的事。

布倫希爾德拿出隨身攜帶的羊皮紙和羽毛筆試圖跟他筆談。不過在那之前，史芬便抓住

布倫希爾德的手。

「布倫希爾德大人，現在還不遲，快回去參加婚禮吧。」

他試圖帶布倫希爾德回到婚禮現場。

史芬想達成自己與主人的約定。

如果要讓布倫希爾德逃走，史芬認為法夫納應該會讓她裝扮成不同身分的人。因為一年前，史芬曾經親眼見過兩人扮成奴隸與騎士，嘗試逃獄的樣子。史芬打從心底佩服這項策略。他希望自己不只會揮舞長槍，也能懂得如何運用策略，所以偷偷學習了法夫納的某些手法。他作夢也沒想到竟然會以這樣的形式派上用場。

史芬當然早就發現新娘是替身，卻刻意不拆穿這一點。假如他那麼做，王宮就會出動大批人馬搜索公主。就算能找到公主，恐怕也會讓她蒙羞。這不是騎士該有的行為。為了顧及公主的名譽，自己有必要私下帶她去參加婚禮。

由於是大喜之日，離開王宮的侍女或女騎士相當多，史芬很難鎖定布倫希爾德的行蹤。不過他透過打聽的方式找到在大喜之日前往貧民窟的可疑侍女，好不容易才抵達貝倫的店。

「待在這種空氣不流通的旅館，會讓您的身體狀況惡化。呼吸外頭的空氣，並保持心情愉快，您的傷勢才會提早痊癒。來吧，我帶您回去。」

史芬無視不知所措的布倫希爾德，拉起她的手。布倫希爾德的力氣不可能敵得過史芬。

（我終於能幫上西格魯德大人的忙了。）

這就是史芬的夙願。

自己一直沒能幫上主人。

西格魯德一開始被神龍附身的時候，史芬沒有察覺到。知道以後，他也沒辦法像布倫希爾德一樣痛下殺手。最糟糕的是，自己甚至無法好好護衛西格魯德最心愛的布倫希爾德。

所以，能夠幫助西格魯德對他而言可說是無上的喜悅。

（明明是這樣沒錯——）

不知為何，腦中閃過法夫納的聲音。

——因為我喜歡布倫希爾德大人。

就像被潑了一桶冷水，史芬不禁停下腳步。

史芬相信西格魯德。他想幫上主人的忙，不想背叛主人。

然而法夫納說過的話就是揮之不去。

（如果西格魯德大人真的變成神龍——）

史芬不承認這個可能性，甚至不去思考。懷疑主人是騎士絕對不該有的行為。最重要的是，他根本不願意去想。

可是，這種逃避式的思想造成的不適感，到了此刻頓時增強。

（萬一他變成了神龍，情況會非常糟糕。）

史芬的頭腦不足以想像出神龍的企圖。不過，他至少能猜到神龍會將布倫希爾德引誘到神殿，做出傷害她的事。

難道說自己的行為是眼睜睜讓布倫希爾德陷入危險嗎？

「布倫希爾德大人……」

史芬差點要求布倫希爾德留在旅館。不過，他沒能說出口。即使如此猶豫，他仍然無法違背主人的命令。史芬不願意放開布倫希爾德的纖細手腕。

「我……必須帶您回到祭壇。」

他痛苦地脫口說出這句話。

布倫希爾德用體諒般的溫柔動作觸碰史芬的另一隻手。

然後，她扳開他的手掌。

用自己的手指在他的掌心寫字。

——沒關係，我也正想前往神殿。

她的內心懷抱憤怒。

她對冒充西格魯德、勉強史芬聽命的神龍感到憤怒。

——我很擔心法夫納。你也跟我一起來吧。

布倫希爾德拿起彎刀配戴在腰上。

她雖然被抓住手腕，卻拉了史芬一把。

（抱歉，法夫納，我還是不能完全交給你。）

布倫希爾德不是被史芬帶走。

而是靠自己的意志，決定前往神殿。

布倫希爾德與史芬抵達神殿的時候，已經有大批人潮聚集到這裡。現場擠得水洩不通，難以走動。所有人都很快樂，臉上掛著開心的笑容。舉辦婚禮的日子是王國最有活力的一天。

陪在身邊的史芬非常可靠。

如果布倫希爾德只有一個人，肯定會在轉眼間被擠得暈頭轉向，但史芬保護了她。史芬的強壯手臂撥開人潮前進。他儼然就是騎士道故事中，負責守護公主殿下的騎士。

事情就發生在兩人即將抵達祭壇的時候。

『殺了他們！』

只有布倫希爾德聽見龍的聲音。

（……剛才那是「龍之言靈」。）

布倫希爾德想拜託史芬儘快帶自己前往祭壇，卻因為無法說話而難以溝通。在擁擠的人群中也不能筆談。史芬聽不見龍之言靈，這一點相當致命。

過了不久，前方有尖叫傳來。

「龍出現了！是一群龍！」

（一群龍！怎麼會？到底是從哪裡……！）

史芬此時理解了狀況。

因為慌亂的群眾往神殿的出口湧來，到處都爆發了推擠事故。幼童、女性或老人特別容易被推倒，倒下的人遭到逃竄的人群又踢又踩，漸漸死去。如果沒有史芬陪同，瘦弱的布倫希爾德也不知道會有什麼下場。騎士中的騎士推開蜂擁而來的人潮，彷彿劃破海嘯。然而即使憑藉史芬的力量，他們也無法繼續前進。如果只有他一個人就算了，如今他還得保護布倫希爾德。

他們硬撐了一陣子，從神殿逃出來的人便減少，總算可以勉強前進了。

布倫希爾德與史芬再度往祭壇前進，便遇上無數頭龍。龍開始襲擊手無寸鐵的民眾。

布倫希爾德對史芬使了個眼色，示意他「保護人民」。史芬回應這個眼神，一個接一個地將龍斬殺。

祭壇已經化為地獄般的景象。

面對大批邪龍，法夫納召集的菁英騎士也束手無策。

最後一名騎士噴出鮮血倒地不起。

法夫納氣喘吁吁望著這幅慘狀。

他的傷勢也不輕。被劃傷的額頭流出鮮血，染紅了臉。承受龍爪與龍尾攻擊的身體已經不聽使喚。

一頭龍來到法夫納面前。

他是西格魯德……不，是神龍。

就像威嚇對手一般，他將長滿尖牙的血盆大口靠過來。與他對峙的法夫納只有一把缺損的雙刃劍。

根本沒有勝算。他已經達成任務，也能冷靜地理解狀況。

「——唔！」

即使如此，他仍然對神龍的頭揮舞雙刃劍。

法夫納不想死。

他還想繼續陪伴布倫希爾德。

如果自己是第一次喜歡上某個人。

雙刃劍擊中神龍的頭。

只有「鏗」的一個金屬聲響起。鱗片毫髮無傷。明明帶著劈開腦袋的意圖揮劍，無力的法夫納卻只能做到這個程度。

法夫納開始自嘲。

（強烈的感情能夠化為力量，果然是騙人的。）

又或者是自己太邪惡，所以才無法得到神聖力量的青睞吧。

神龍張開嘴巴，企圖咬碎法夫納的頭。法夫納終於放棄掙扎，閉上眼睛。

法夫納感覺到自己的身體從側面被推了一下。

他驚訝地睜開眼睛。

不該存在於這裡的人出現。

（布倫希爾德大人？）

竟然是她。

趕到現場的布倫希爾德將差點被咬死的法夫納推開，保護了他。她往法夫納奔去的速度很快，連史芬都來不及制止。布倫希爾德出現在法夫納前一刻所站的地方。

這也就表示，布倫希爾德即將遭受龍牙襲擊。

布倫希爾德也明白這一點。她明知道會如此，仍然挺身而出。

她毫不猶豫，只為了拯救法夫納。

——從以前到現在，自己究竟受了法夫納多少幫助呢？

她早就決定至少要幫助他一次。

撕裂皮肉的聲音響起。

布倫希爾德的右臂飛向空中。

血盆大口咬傷布倫希爾德的肩膀，甚至咬下右胸的一部分。

布倫希爾德灑出噴泉般的鮮血倒地不起。

法夫納愣住了，低頭俯視躺在地上一動也不動的主人。

「布倫希爾德、大人……？」

喧囂逐漸遠去。

——取而代之的是悄悄接近的久遠雨聲。

「布倫希爾德大人！」

法夫納衝向布倫希爾德，抱起她的身體。

她的眼睛變得無神。失焦的眼睛不知道在看什麼地方。

她臉色蒼白，嘴唇發紫。大量湧出的鮮血將衣服染成深紅色，右肩的斷面露出了缺損的肺部。

布倫希爾德的嘴巴正發出呼吸的咻咻聲。所以，如果要判斷生死，她還算活著。

然而，受到如此嚴重的致命傷，有呼吸還比較殘酷。

——雨聲越來越強。那是七年前，在冬天聽見的聲音。

法夫納大受打擊。

不過不是因為主人即將死去。

而是他現在突然明白了一切的答案。

剛才法夫納的心中抱有不想死、想繼續陪伴布倫希爾德的念頭。

現在的他理解自己這麼想的真正原因。

自己真正想見證的，不是布倫希爾德的生命。

而是她的死亡。

在內心深處，他一直對布倫希爾德的死抱有期待。

倘若將來有一天能見證主人的死，到時候自己會不會產生痛哭的衝動呢？如此一來或許也能知道，自己究竟能不能喜歡上他人。就跟布倫希爾德說自己露出微笑的那個時候一樣。

證實自己也有人性。

不過，法夫納的心沒有一絲漣漪。

他想起自己為了拯救布倫希爾德而逃出地牢時的事。法夫納斬殺了獄卒。按著流出鮮血的脖子卻還活著的獄卒仰望著法夫納。看到他這個樣子，法夫納心想：

（或許還是處理一下比較好。）

他俯視布倫希爾德，心裡想著同樣的事。

（或許還是處理一下比較好。）

手中的雙刃劍與當時的短劍重疊在一起。只要深深劃開她的喉嚨，她應該就會發出一陣呻吟而死去。就跟獄卒一樣。

邂逅布倫希爾德以來的這六年，法夫納一直在作夢。

在夢裡，自己能夠喜歡上他人。自己能夠為他人的痛苦感到憤慨，或是流淚。自己能感同身受地為他人的幸福感到高興。

這對大多數人來說，是很簡單的事也說不定。不過對法夫納來說，沒有什麼事比這更困難了。

所以，布倫希爾德簡直就是從夢裡走出來的人。

看著她會令自己感到焦躁，是因為她擁有自己想要的所有特質。

她是夢的碎片。法夫納以為有這樣的人待在身邊，自己好像也能學會溫柔。

只要好好珍惜，甚至賭上性命保護，自己或許能喜歡上她。

——啊啊，原來如此。

我並不是喜歡布倫希爾德大人。

只是想認為自己喜歡她。

見到瀕臨死亡的她，眼淚或悲傷都沒有隨之湧出。

就跟被龍啃食而死的妹妹一樣。

因為法夫納心中只有不變的空虛。

他得到答案了。

人偶有心是只存在於故事中的情節。

垃圾不管做什麼都還是垃圾。

——久遠的雨聲不絕於耳。

所以，保護布倫希爾德的意義與價值都已經在這個瞬間消失。

再怎麼珍惜她都是徒勞。

既然如此。

與其延長她的痛苦，不如殺了她。

法夫納這麼想。

真的這麼想……

儘管如此，法夫納將雙刃劍收回劍鞘。

他從來不曾對自己如此失望，所以不想服從這樣的自己。

（即使我仍然是個被扔在雨中的垃圾。）

——我還是不想放棄這個夢想（她）。

只是垂死掙扎。

法夫納抱起命在旦夕的布倫希爾德拔腿就跑。他的身體明明無法好好活動，現在卻能抱著布倫希爾德奔跑。

他不停地奔跑，不停地奔跑。

就像追逐著遠去的夢想。

懷中的溫度漸漸流失。只有法夫納聽得見的雨聲彷彿正在奪走她的體溫。

他已經決定目的地。

假如要拯救瀕死的主人，他只想得到那個地方。

法夫納打開通往地下的暗門。

他一步又一步地奔下階梯。

來到鐘乳石洞般的地下空間。

來自最深處的光芒照亮了兩人。法夫納期待這股熱能可以稍微挽回布倫希爾德的體溫。

抵達光芒前的法夫納開口呼喊：

「主啊。」

現在只有神救得了布倫希爾德。

「我願意獻上我的靈魂。」

無神論者喊出的字句反而像是召喚惡魔的咒語。

他不相信神。

但他仍然確信。

如果神真的存在，必定會拯救布倫希爾德。

因為她跟自己是不同世界的人。

因為她所在的世界就跟神一樣遙遠。

法夫納將布倫希爾德遞往那團光芒。

遞往擊落始祖之龍的毀滅之光。

神龍的願望是再度見到死去的妻子，如此而已。

所以，他為妻子的血親賦予巫女這個特殊地位，呵護至今。他將妻子的影子投射到妻子的後代身上。

歷代巫女之中，布倫希爾德長得特別神似他的妻子，幾乎可以用重生來形容。

可是，布倫希爾德對神龍來說已經沒有用處。

她有別的心上人，甚至察覺到自己的聲音帶有的力量。神龍再也無法任意掌控布倫希爾德，他認為自己只能就這麼消失。

所以布倫希爾德失去聲音的時候，他認為這是大好機會。神龍再次占據西格魯德的身體，強行舉辦婚禮。

他希望神似妻子的對象能給自己一個愛之吻。

神龍知道她的愛與吻都不是獻給自己。不過，就算是那樣也無所謂。至少在死前，他想作一場美夢。

因為神龍受到神的詛咒，死後絕對無法前往與妻子相同的地方。

因此，神龍之所以執著於婚禮，目的並不是殺死布倫希爾德。只要能夠得到她的吻，神龍就會乖乖消失。

然而，來到他面前的妻子並不是妻子。

雖然自作聰明地用頭紗遮住臉部，神龍一眼就認出來了。唯獨妻子的臉，自己絕對不可能認錯。

所以，他在獻吻之前就咬死了新娘。這可以說是反射性的動作。面對極度的侮辱，憤怒使他的腦中化為一片鮮紅。

接著有「進攻」的聲音響起，躲藏的騎士們朝自己襲來。他們似乎本來就打算設局陷害自己。

既然如此，神龍也不會留情。自己最後的單純願望遭到踐踏的事實也令他感到憤怒。

原來如此，這個願望本身確實很單純。不過，考慮到這頭龍過去的殘暴行徑，法夫納等人當然不會想到這種可能性。

神龍喚醒眾多龍像迎戰人類。神龍本身也任由憤怒驅使，咬死了一個個騎士。

所以，咬殺布倫希爾德並非神龍的本意。

她挺身保護隨從的動作真的很快。神龍驚覺危險的時候已經太遲了。

咬斷布倫希爾德的右臂時，神龍靜止了。

儘管如此，他馬上改變想法——現在只能殺了她。

神龍認為布倫希爾德是個目中無人的小丫頭，對她已經沒有愛意。不過，神龍也不想讓她承受無謂的折磨。

布倫希爾德的隨從帶著瀕死的她逃走。神龍追上去，試圖張嘴咬死她。龍牙遭到刀刃彈開。鋼鐵相撞的高亢聲音響起，一心前往地下的法夫納卻沒有聽見。手持魔槍的騎士緩緩站到神龍面前，雙眼瞪著神龍。

神龍已經親身體會到，這個騎士比自己還要強。不過，他的心中沒有任何恐懼。因為神龍知道。

（這傢伙是個窩囊廢。）

現在的神龍附身在西格魯德的體內。

所以，這個騎士無法斬殺他。即使知道內在是神龍，這個蠢蛋也無法傷害原本是西格魯德的對象。神龍曾經暫時扮演西格魯德，親眼見識他的愚忠，所以不會錯的。

神龍的心中萌生殘忍的念頭。那天夜晚，自己差點死在這個男人的手裡。神龍認為趁機洩恨也不壞。

神龍的身體如海市蜃樓般搖曳，接著變成無數個分身。這是幻術。

無數神龍同時揮舞利爪。可怕的是，卓越的法術所製造的幻影擁有實體，幾十道利爪逼近騎士。只要觸碰到任何一道，騎士的身體就會被輕易撕裂。縱使被擊中就會死，他卻無處可逃。

不過，真的只有神龍會使用幻術嗎？

對手也使用了幻術。看在神龍眼裡，這是唯一的可能。

回過神來，騎士已經從龍爪的包圍網中消失。

「遵命。」

聲音是從後方傳來的。

毛骨悚然的神龍回過頭。

魔槍已經被紅色浸溼。

他被砍傷了。

神龍創造的幻影全都遭到貫穿，灰飛煙滅。

看見噴出的鮮血，神龍才發現自己被砍傷了。

當他發現時，魔槍已經再次消失。

「遵命。」

低語般的聲音響起。

翅膀被劃開。

神龍了解到，這並非幻術。對手只是快速揮舞長槍罷了。

早在他看見傷口、感覺到痛楚之前，身體便皮開肉綻。

經過修練而更加精湛的長槍術甚至比聲音更快。

每次身體被劃開，就會有「遵命」的聲音傳進耳裡。雖然是沉穩又細小的聲音，聽在神龍耳裡卻十分恐怖。魔槍的每一次攻擊都是必殺，能夠勉強抵擋的神龍也相當不尋常。儘管如此，終究撐不久。

（為什麼……）

神龍不明白。他不是不明白這個男人為何如此強大。

他不明白的是，為什麼這個騎士能夠對使用西格魯德之軀的自己揮舞長槍？

（他明明不敢傷害我才對，為什麼……）

史芬一邊揮舞長槍，一邊在腦中反覆回想主人的命令。

『萬一神龍奪走我的意識，你就殺了我吧。』

布倫希爾德遭受襲擊的當天晚上，史芬接到這個命令。他並沒有聽到聲音。因為當時的西格魯德無法說話。

他只是定睛凝視著史芬的長槍。

史芬從他的眼神聯想到主人的聲音。那並不是真正的聲音。因為他沒有真的聽見聲音，只是在腦中模擬聲音。不過，聽見這個命令，史芬就能夠行動。他認為自己必須達成主人的命令。

神龍頹然倒地。他已經體無完膚。

接下來只剩了結他的性命。

史芬舉起長槍，再度回想主人的命令。

「遵命。」

史芬有如電光石火逼近神龍。

刀刃陷進神龍的胸口，目的是貫穿心臟。

在前一刻，神龍的話語趕上了。

『你要背叛我嗎？』

刀刃靜止了。

雖然刺進胸口的中間，卻停了下來。

騎士靜止在忠誠與命令的縫隙間。

不過，騎士的表情沒有因悔恨或憤怒而扭曲。

他也有預感，事情恐怕會演變成這個樣子。

騎士聽見深深斬斷骨肉的聲音從自己的體內傳來。

只不過是被龍爪輕輕撫過，騎士的肉體便一分為二，掉落到地上。

騎士已死。

『哈、哈哈。』

俯視斷成兩截的騎士，神龍仰天大笑。

（贏了，我贏了。）

雖然情況很危急，終究還是贏了。

『哈哈哈！哈哈哈哈哈哈哈！』

神龍的傷口在轉眼間逐漸癒合。插在胸口的長槍遺憾似的掉到地上。

勝利的喜悅充滿神龍的心中，卻又馬上轉變為對騎士的憤怒。他痛恨這個害自己受傷，將自己逼上絕境的傢伙。身體復原以後，他靠近騎士的屍體。雖然屍體已經悽慘地一分為二，若不再將他碎屍萬段，心情實在難以平復。

然而，神龍沒能羞辱騎士的屍體。

因為突然間，他感覺到一股寒意。

不，以寒意還不足以形容。

內心竄起的是原始的、本能上的恐懼。

神龍不知道這一點。實際上見到這道光的，並不是神龍。

不過始祖之龍看見這道光，然後受其灼燒。因此，這一點深深刻劃在所有龍的記憶裡。

對於毀滅之光——神之雷的恐懼……

神龍回頭尋找那股氣息。

一名位在遙遠高處的女人俯視著神龍。

女人既沒有羽翼也沒有翅膀，卻穩穩地飛在天上。

她不需要羽翼或翅膀。

神或天使就算沒有那種東西也能飛翔。

俯視的女人有著黑色的眼瞳與黑色的頭髮。

火花般的金黃色光輝從右臂的斷裂處洩露。

看見她的身影時，神龍瞬間理解。

那代表了自己的死亡。

畏懼的本能試圖抵抗。

神龍朝上空噴火。擴散成扇形的火焰難以躲避，那是能讓鋼鐵如糖果般融化的超高溫火焰。受到它的摧殘，任何生物都會立刻喪命。

女人朝火焰衝刺。

倘若身體屬於神，人類世界的法則便無法傷害她。

再次現身的時候，她的手中已經握著雷電般的東西。

雷霆。

神與龍的戰爭早在遠古時代便已落幕。

因此，這甚至算不上打鬥——

在雷霆的灼燒之下，神龍儘管感受到劇痛，仍然試圖逃走。他快速拍打翅膀，並使用幻術迷惑對手，努力逃離現場。

然而，不論他的動作多麼快，神都會用光一般的速度追上來，幻術也沒有用。神眼能從無數幻影中看出本體並發動攻擊。

神龍連逃離神殿都辦不到，墜落到地上。這陣衝擊使地板碎裂。

女人降落到束手無策的神龍面前。

神龍用憤恨的眼神看著她。

神似昔日愛人的美貌，一旦成了敵人就變得十分可恨。

可是，女人靠近神龍以後，便解除凝聚在右手的雷霆。

她接著動起嘴巴，但沒辦法正確發音。

『……嘶……嗚…………』

神龍以為她想要消滅自己，所以試圖呼喚西格魯德的名字。不過，因為中毒的關係，她的舌頭不聽使喚。

她觸碰倒地的龍，看起來很無助。

神龍覺得她活該。

雖然神龍的願望沒有實現，現在的結果對神龍而言並不壞。

他用西格魯德的身體殺死了大批民眾，許多人都親眼目擊了龍王的暴行。即使西格魯德事後恢復意識，說明事情的來龍去脈，應該也不可能全身而退。就算他身為國王，也會引起強烈的反彈。假如布倫希爾德想袒護西格魯德，她也會陷入危險的處境。而這個愚蠢的女孩肯定會為愛人那麼做。

（他們或許會被國家放逐吧。就跟我們一樣。）

因為布倫希爾德的雷霆而瀕臨死亡的神龍，心中滿是對她的憎恨。

妳就痛苦到死吧。

『嗚……嘶……原……我……』

一想到布倫希爾德即將面臨的苦難，就連她反覆呼喊愛人的字句，聽起來都像搖籃曲一般悅耳。

不過，神龍聽著聽著才發現。

她並不是在呼喚西格魯德的名字。

『原……我、嗚。嗚、原……諒……』

她想說的是「原諒我」。這句話恐怕是針對使出雷霆的事情。雖然不這麼做就無法阻止神龍，她還是想為傷害愛人的舉動道歉。

某種心碎般的痛楚襲向神龍。

那是許久以前的事了。

逃離伊甸島、逃離神的命令時。

得知神龍遭到詛咒，她便哭了。

『原諒我。』

她覺得神龍因為自己才遭受詛咒，於是感到自責。明明沒有那個必要。神龍是在知道會受罰的情況下，決定離開島嶼的。

然而，不管神龍說了幾次，她都沒有停止自責。

她反覆說著：『原諒我。』

靠在神龍身邊無助地哭泣。

神龍喜歡她的任何模樣。

唯獨不善應付這樣的她。

所以，神龍早已遺忘。因為只想記得自己喜歡的她。

對於布倫希爾德，神龍沒有一絲同情。她為自己以外的男人留下的淚水，只令神龍感到不悅。

即使如此，神龍也無法忍受布倫希爾德的這副模樣。

她真的很像她。

不幸地比歷代的任何一個巫女都還要像。

自己終於找到尋覓已久的妻子。

卻是自己最不願看到的模樣。

所以，神龍的意識之所以消失，既不是因為聽見神的命令，也不是因為同情。

神龍為了自己，決定消除自己的意識。

繼續聽著妻子道歉，比死還要難受。

只不過，神龍在消失前想到。

倘若是以前的自己。倘若是還能愛著樂園所有生物的自己。

或許願意為了這個女孩而主動選擇死亡。

那樣一來，想必能以更加平靜的心情消失。

神龍最後看著自己的肉體。藉由吃人，他的身體仍舊保持不朽的青春，以及無瑕的純白鱗片。

可是——

（看來會腐朽的，並不只有肉體。）

於是，神龍的靈魂消逝了。

『布倫希爾德。』

「龍之言靈」傳進耳裡。

布倫希爾德立刻就明白，呼喚自己名字的聲音不是神龍。

『西……的……』

雖然不知道西格魯德的意識為何能夠回來，對布倫希爾德來說，沒有比這更加令人開心的事。

可是情況並不樂觀。

許多腳步聲從遠方傳來。另外也有盔甲碰撞的聲音。聽說龍在這裡作亂，騎士們都趕了過來。

布倫希爾德將西格魯德護在身後，面對腳步聲的方向。右手的手指之間爆出火花。

布倫希爾德已經作好覺悟。

她打算戰鬥。

不論要面對多少騎士、魔力多麼強大的武器，布倫希爾德都會為了保護西格魯德而戰。

從公主的嬌小背影，西格魯德能感受到深深的覺悟。她對自己比誰都溫柔，並且愛著自

己。而她的這份溫柔、這份愛，即將反轉。

只要是為了守護心愛的人，她恐怕會殺人。

現在的她辦得到。

不能讓她下手。

西格魯德認為沒有什麼事比這份溫柔反轉更令人悲傷。

話雖如此，也沒有方法能夠說服騎士與人民。更何況王宮原本就存在敵視布倫希爾德的勢力。

即使如此，西格魯德想到了唯一一個突破僵局的方法。

西格魯德的眼睛注視著布倫希爾德腰上的彎刀。

他不打算商量。因為布倫希爾德一定會反對，更重要的是沒有時間了。別說跟騎士戰鬥了，光是她試圖保護龍的舉止，都不應該被騎士看見。

西格魯德伸出右手拔出彎刀。

布倫希爾德驚訝地回過頭。

『什……』

西格魯德的手是龍的手。雖然能抓住劍，卻無法靈巧地揮舞。

然而幸運的是，西格魯德胸部的鱗片已經在墜落時撞碎。

劍能夠刺穿。

彎刀的尖端被吸向西格魯德的胸口。

劍貫穿心臟，龍因此死去。插在胸口的劍有如墓碑。

布倫希爾德立刻行動。她為了拯救西格魯德，試圖拔出劍。

騎士們趕來了。

「公主殿下！」

「您沒事吧？」

騎士們看著龍。

此時的布倫希爾德正好從西格魯德的胸口將劍拔出來。

看到拔出彎刀的王妃，某人說道：

「是屠龍者。」

這個詞彙在布倫希爾德的腦中迴響。

「布倫希爾德大人為我們殺死了龍。」

如果能夠說話，她或許能立刻否認。

她會說：「不對，我根本不想殺他。」

但是因為舌頭不聽使喚，她沒能說出口。

不過也多虧如此，她有了一點時間能夠思考。

布倫希爾德立刻明白，西格魯德是為了保護自己才會選擇死亡。

原來如此。只要將自己塑造成屠龍英雄，就能保護自己的安全吧。

然而，布倫希爾德無法原諒他。

有生以來第一次，她打從心底憎恨西格魯德。

這是她被砍傷右眼時也沒有懷抱的感情。

不論被添多少麻煩都沒關係。

就算要與所有國民與騎士為敵也無所謂。

她根本不介意西格魯德是龍的模樣。

她只希望他活下去。

布倫希爾德想哭泣，想對他破口大罵。

可是她並沒有愚蠢到會因為感情用事而拋棄丈夫所留下的一切。

布倫希爾德高高舉起從龍的胸口拔出的彎刀。

現場的騎士與人民都恢復了活力。原本充滿神殿的絕望頓時消散。

在龍造成的災難之中，屠龍公主的英姿為人們的內心點亮了希望。

少女甘願接受屠龍的汙名。

她知道這麼做可以為王國人民帶來光明。

而且如果西格魯德還活著，一定會希望她這麼做。

布倫希爾德很慶幸自己發不出聲音。如果她能說話，肯定會主張丈夫是無辜的。

強忍眼淚是很困難的一件事。

此時的她舉起的彎刀，將以屠龍劍之名由人們傳頌下去。

無數屍體散落在神殿中。

其中有一個人還在呼吸。

他就是史芬。

雖然身體一分為二，只剩下上半身，他還活著。這都是多虧有精靈的庇佑。

不過，他很快就會死去。庇佑終究是庇佑，並不是治癒。

身體已經無法活動，只能勉強動口。

一個男人來到等待死亡的史芬面前。

他是法夫納。他的手上握著斷掉的雙刃劍。

史芬仰望法夫納，吐著血說：

「我很羨慕你。」

他看見殺死龍的女神。那毫無疑問是布倫希爾德。

「你從死亡深淵中救回了主人。」

史芬很羨慕這一點。

到頭來，他一次也不曾幫上主人的忙。不只如此，他連忠誠都沒能貫徹。

到頭來，我就是個不忠之徒。

不過，假如自己還有什麼事可做。

史芬的眼睛望向斷掉的雙刃劍。

「拜託你，用那把劍殺了我。」

就算他不那麼做，自己也很快就會死去。然而在史芬心中，被殺與自願赴死之間有明確的差別。

就算能殺死神龍，史芬也會自盡。

他原本就不打算讓主人獨自前往永年王國。

所以，被神龍殺死與自盡的意義完全不同。

如果自己的手能動，他就會自盡，但他已經無法好好使力了。

俯視史芬的法夫納說：

「我也一樣羨慕你。」

法夫納不了解史芬的心情，不了解想追隨主人而死的心情。他才剛經歷差點失去主人的狀況，心中卻什麼感覺都沒有。

所以，他打從心底羨慕能為主人著想的史芬。

法夫納認為真正該活下來的不是自己，而是史芬。

因為他能關愛、呵護他人。

法夫納蹲下來，將雙刃劍抵在史芬的脖子上。

他的手在此時停止。自己明明很習慣處理這種事。

用刀劃開脖子就能殺死對方。

明知沒有意義，法夫納仍然望向斷裂的下半身。

葡萄酒的香味飄了過來。

法夫納靜止不動，定睛凝視著史芬。

在史芬眼裡，法夫納靜止不動的模樣就像在努力擠出眼淚。

（能夠流淚、能夠悲傷，明明就不代表什麼。）

儘管史芬這麼說，也無法拯救法夫納。因為對他來說，能夠流淚、能夠悲傷，比什麼事都重要。

史芬吐出微弱的氣息說：

「我沒有時間了。」

法夫納開始動作。

「我會處理你。」

他用斷掉的雙刃劍一劃。

法夫納能好好運用史芬託付的雙刃劍。

感覺到生命將盡的時候，史芬說道：

「謝謝你。」

處理完畢以後，法夫納低聲回應：

「……這句謝謝不對吧？」

他用手指輕輕觸碰屍體的眼瞼，將它闔起來。

終章

許多人民因神龍而死去。

不過，憑藉布倫希爾德發揮的部分神力，前所未有的龍災只造成了最低限度的犧牲。

人們稱少女為屠龍者，對她懷抱敬意。

許多人都希望由她來治理失去國王的國家。

她也回應了人民的期望。

她下定決心，建立一個再也不會有人受龍威脅的國家。

女王的戰鬥沒有停歇。

因為還有許多龍潛伏在王國之中。林立的龍像就是最好的例子。

為了不再讓人民因龍而悲傷，女王開始到處屠龍。

為此奔波的她，總是會想起初次挑戰神龍時，西格魯德說過的話。

她想讓王國脫離龍的統治，創造亡夫夢想中的國家。

奮鬥或許終於開花結果了。

在女王的治理之下，國家十分安泰。後世的歷史學家也將那個時代評為王國史上最平和的歲月。

將王國內的龍全數消滅後，女王本身也度過了安穩的人生。

原本是巫女的布倫希爾德獲得配得上嶄新王室的姓氏。

以傳說中的屠龍者——齊格菲為名。

為了致敬偉大的女王，齊格菲家的女兒經常被取名為布倫希爾德。

隨著時間過去，女王即將壽終正寢。

運用神力的她，壽命比普通人類來得短。這是運用超乎身分的力量所必須付出的代價。

臨死之際，她將自己的隨從叫來身邊。

「沒有人比我更不適合送您最後一程了。」

現在的布倫希爾德身邊有許多善良的人。他們都是受到女王人品吸引的人。法夫納認為這樣的人才有資格見到女王的最後一面。

雖然法夫納持續以隨從的身分扶持女王，卻刻意與她保持距離——自從得知自己即使差點失去布倫希爾德，也仍然沒有任何感覺的那一天起。

法夫納作勢走出房間，去叫別的隨從過來，不過女王挽留了他。

「待在我身邊。」

法夫納認為自己應該無視她的要求去叫別人來，可是這很有可能是女王最後的心願。既然如此，法夫納便無法拒絕。

法夫納回到躺在床上的布倫希爾德身邊。

「我無法為您的死感到悲傷，或是流淚。」

然後，他坦白說：

「我終究還是沒能喜歡上您。」

因為是最後的機會，他才能說出口。他不想讓布倫希爾德失望，所以過去一直都沒有說。法夫納知道她對自己展現了許多好意，不想讓她發現這一切都是徒勞。

布倫希爾德因此注意到。

「你應該很恨我吧。」

年幼的布倫希爾德曾經說過一句天真的話。

『你可以喜歡我喔。這樣你就不會寂寞了。』

那只是孩子的童言童語。然而，這句話成了持續束縛法夫納的詛咒。

布倫希爾德可以輕易辦到的事，法夫納卻辦不到。年幼的她並不明白這個簡單的道理。

布倫希爾德流下眼淚對他道歉。

「對不起。」

法夫納的眼眶絲毫沒有溼潤，並且這麼回答：

「布倫希爾德大人完全不需要道歉。」

「可是，因為我的一句話，你才會這麼苦惱吧？」

法夫納開始回想。

回想龍災那一天看見布倫希爾德瀕臨死亡時的內心感覺。

「是的，我相當苦惱。也曾經絕望並失望。」

「不過——」法夫納接著繼續說。

「倘若沒有您的那句話，我也不會去追求夢想。」

對遭受風吹雨打、被拋棄的垃圾來說，那是過於溫暖的夢想。

「所以，我很慶幸能遇見您。」

破碎的夢想在東拼西湊之下，仍然存在於這裡。

「我才是，如果沒有遇見你……」

這份感謝是真心的。無力的小女孩之所以能持續懷抱遠大的夢想，就是因為有人在一旁扶持她。

儘管如此，這份感謝還是沒辦法傳遞給法夫納。因為他認為自己只是一個垃圾。他肯定覺得布倫希爾德的感謝根本沒有道理。雖然想費盡唇舌否定這一點，布倫希爾德卻已經沒有那麼多時間，因此只好放棄。

她最後決定詢問自己無論如何都想知道的事。

「法夫納，你追求的是什麼樣的夢想？」

經過一段害臊般的沉默，法夫納回答：

「樂園。」

俯視女孩的銀白色頭髮晃了一下。

「在樂園所有生物彼此友愛、互相關照。不僅沒有爭端，也沒有仇恨。建立這樣的樂園，是我小時候的夢想。」

發覺自己沒有人性的時候，他放棄了這個夢想。

因為要實現這個夢想，就必須喜歡上他人。

男人的銀白色長瀏海之間露出的藍色眼瞳凝視著布倫希爾德。

布倫希爾德覺得這個顏色非常美麗。看在女孩的眼裡，就像無邊無際的大海一樣。

「真希望我能早點聽說你的夢想。」

「我沒有資格談論夢想。」

最重要的是，自己不適合。所以他沒有說出口。

布倫希爾德望向遠方。法夫納知道她就快要離開人世了。

她的眼睛似乎正注視著另一個地方。

「我也想去你的樂園。」

這只是將死之人的妄語。然而，因為這是主人的最後一刻，法夫納決定順從她。

「我很歡迎您，我的……」

隨從原本想稱她為「我的主人」，卻又猶豫了。因為他已經稱別的存在為「主」。所以，他選擇了另一個詞彙。

——我的君王。

男人如此稱呼女孩。

「我會去見你，一定會。」

沉默籠罩現場。

「如果能再次見到您……」

——這次我一定會喜歡上您。

法夫納原本想這麼說，卻又作罷。

因為布倫希爾德已經斷氣。

法夫納定睛俯視著她死去的臉龐。

——這就是死人的臉嗎？

過去生活在黑社會的他曾經見過許多屍體。但是，眼前的這具屍體跟他見過的任何一具屍體都不同。

她的表情很安詳，彷彿到了明天就會再醒來與自己相見似的。

即使女孩死去，男人的眼睛仍然連一滴眼淚都沒有流下。

不過，現在這樣也無妨吧。

面對如此安穩的睡臉，即使內心沒有缺陷也不會感到悲傷。

如果她是為了不讓無法為他人的死而流淚的法夫納感到內疚，才擺出這種表情——

（她果然是令人難以理解的善人。）

法夫納立刻開始善後。他的內心完全不受影響。

應該優先處理的是神力。

他們已經不需要屠龍的力量。布倫希爾德耗費自己的一生，將王國的龍全部消滅了。

既然如此，神力就應該埋葬在永遠不見天日的地方。力量會成為紛爭的導火線。

法夫納原本打算這麼做。

不過他改變主意。

因為他覺得這可能是布倫希爾德留下的最後一份溫柔。

未來。

萬一王國遭受龍的襲擊，就會需要這份溫柔。

這是抵抗龍的力量、保護人的力量、維持和平的力量，以及開拓未來的力量。

女王最大的心願是再也沒有人會因龍而犧牲。

法夫納決定只將神力託付給布倫希爾德的繼承人。

（那麼，就必須替它取個名字。）

他很熟悉歷史與傳說，所以馬上就想到適合的名字。

巴爾蒙克——這個名稱來自屠龍劍。

基於女王想守護人民不受龍傷害的心願，他如此命名。

女王駕崩後不久，隨從也離開了人世。

後來經過漫長的歲月，王國再也不曾遭受龍的威脅。

說不定是女王的祈禱傳達到天上了。

巴爾蒙克漸漸從人們的記憶中消失。

只有齊格菲家暗中將巴爾蒙克的記憶一代一代傳承下去。

——漫長的時光流逝。

當王國成為帝國的時候。

巴爾蒙克再次被攤在陽光下。

然而，其目的不是保護人們不受龍傷害。

——而是為了從龍的島嶼上奪取寶物，作為兵器使用。

後記

撰寫故事的時候，我不會有所保留。

我會完整交代登場人物的信念或人生，不會留待下集揭曉。我會竭盡所能地寫完，直到無法寫出續集的程度。這是我對筆下的故事，以及讀者的敬意。

聽說《屠龍者布倫希爾德》要出續集的時候，應該有許多人都會如此擔憂。

——難道不會變成畫蛇添足嗎？

這一點各位大可放心。冠上屠龍者之名的布倫希爾德的故事已經結束了。老實說，我身為作者，也有更改結局或是寫續集尋求救贖的念頭。可是，沒有人希望如此。不只是讀者，布倫希爾德本身更不會接受。改變她的故事，就等於否定她的信念與人生。

只不過，請原諒我為特典撰寫的短篇故事（註：此為日本當地的發售狀況）。多虧各位讀者的支持，布倫希爾德有機會發表五篇短篇故事，其中有四篇是ＩＦ故事，包含角色得到救贖的內容。不過，短篇終究是短篇。畢竟不是本篇，還請各位多多包涵。

回到原本的話題。

關於身為屠龍者的布倫希爾德，故事已經完結。不過，我認為她所在的世界觀還有值得再寫的地方。看來我比想像中還要中意布倫希爾德的世界觀。

可是，我陷入了一番苦戰。

不論寫什麼，我總覺得都無法超越「屠龍者」。我花了十天便寫完「屠龍者」，撰寫「龍姬」卻花了一年以上。過程中有許多故事誕生，卻又被我否決（其實裡面還包含布倫希爾德到地獄走一遭，然後重返人世的故事，這是我與各位之間的祕密。我明明才剛說過不寫續集之類很耍帥的話。作者這種生物因為擁有隨意改變故事的權力，有時候明知道不應該，還是會做出愚蠢的事）。

這部「龍姬」原本也差點被我否決。當時的我覺得自己寫的東西全都很無聊。不過，責任編輯讀過「龍姬」的初稿之後，對我這麼說：

「這個故事值得出版。」

我決定相信這句話。而現在，我很慶幸自己相信了。儘管當初有些不安，經過打磨以後，現在的我也有同樣的想法。

本作應該是我第一次真正與編輯通力合作完成的故事。所以，我要用正因為是出於真心，所以聽起來像是客套話的平凡話語作結。

對於為本書提供協助的責任編輯，我要致上感謝之意。

BRUNHILD
屠龍者布倫希爾德
THE DRAGONSLAYER
東崎惟子
[插畫] あおあそ
A strange and cruel fate of Brunhild. Born as a dragon slayer, she lived as a daughter of the dragon.
Kadokawa Fantastic Novels

屠龍者布倫希爾德

作者：東崎惟子　插畫：あおあそ

布倫希爾德物語第一部開幕！
以屠龍者之女的身分出生，以龍之女的身分憎恨人。

屠龍英雄西吉貝爾特率領的帝國軍進攻傳說之島「伊甸」，卻因鎮守島嶼的龍而數度遭到殲滅。很巧的是，他的女兒布倫希爾德留在伊甸的海岸邊倖存下來，龍救了年幼的她，將她當作女兒般養育。然而十三年後，西吉貝爾特發射的大砲終於奪走龍的性命——

NT$220/HK$73

虛位王權 1~4 待續

作者：三雲岳斗　插畫：深遊

八尋等人尋找讓魍獸化的日本人復活的手段。
這時遺存寶器已經與絢穗完成了一體化——

八尋等人前往京都尋找讓魍獸化的日本人復活的手段，然而比利士藝廊的裝甲列車被中華聯邦軍絆住。中華聯邦軍要藝廊交出遺存寶器。不過，這時候遺存寶器已經與絢穗相合，跟她完成了一體化。為保護絢穗，八尋與彩葉決定出面查明魍獸攻擊的原因。

各 **NT$240~260/HK$80~87**

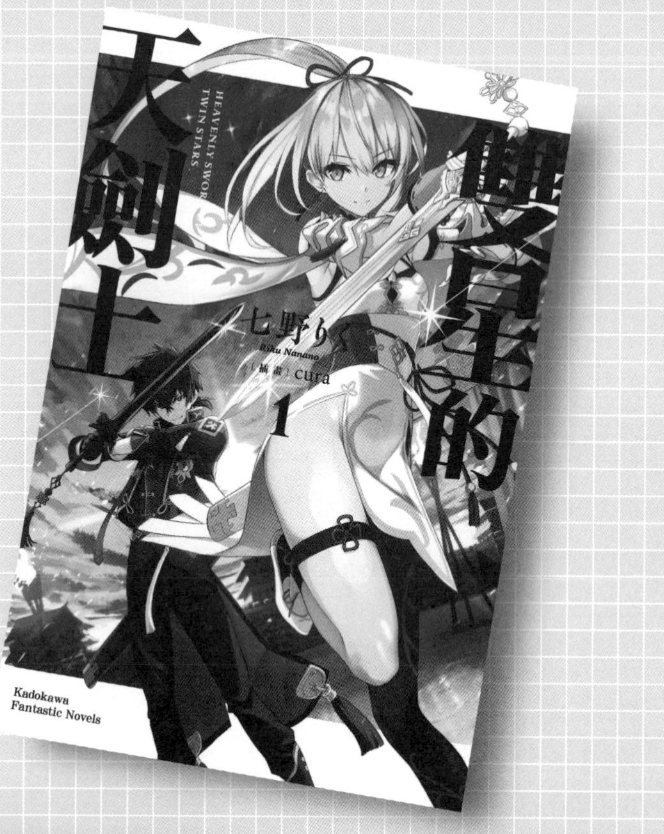

雙星的天劍士 1 待續

Kadokawa Fantastic Novels

作者：七野りく　插畫：cura

轉生英雄與美少女們藉著武術在戰亂時代
闖蕩天下的古風奇幻故事，正式揭開序幕！

我——隻影是千年前未嘗敗績的英雄轉世，曾在年幼瀕死時受張家的千金——白玲所救。後來被張家收養，而我跟白玲總是一同磨練武藝，情同兄妹。然而身處亂世，我國也陷入與異族之間的戰亂當中，我運用前世留下的武藝，和白玲一同在戰場上大殺四方！

NT$260/HK$87

Silent IV -after- Witch
沉默魔女的事件簿
Casebook of the Silent Witch
依空まつり
Illustration 藤実なんな
Kadokawa Fantastic Novels

Silent Witch 1~4-after- 待續

作者：依空まつり　插畫：藤実なんな

校園發生了幾起不可思議的難解事件!?
名偵探莫妮卡與黑貓尼洛將破解謎團！

　　寒假前的校園發生各種不可思議的難解事件!?被當成偷吃嫌犯逮住的古蓮、在校內迷路的小女孩、來路不明火球——以及被捲入詭異魔咒的第二王子……名偵探莫妮卡與沉迷偵探小說的黑貓尼洛將逐一解析各起事件謎團！極祕任務番外篇開演！

各 **NT$220~280/HK$73~93**

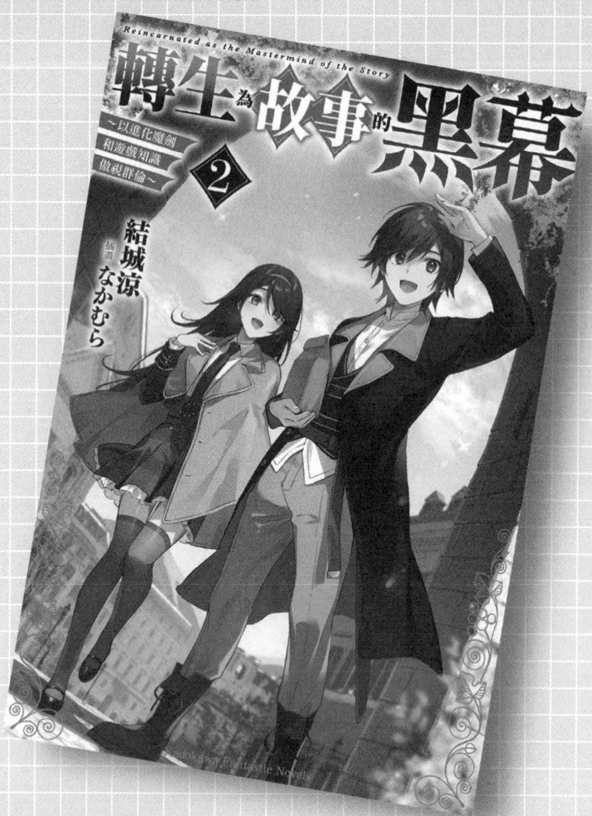

轉生為故事的黑幕~以進化魔劍和遊戲知識傲視群倫~ 1~2 待續

作者：結城涼　插畫：なかむら

「我的劍就是為了這種時候存在的。所以──」
連的故事，又有了重大的變化──！

和聖女莉希亞與其父克勞賽爾男爵談過之後，連決定暫時留在男爵宅邸，一邊處理男爵家的工作，同時一邊在公會當冒險者發揮本領。而為了協助男爵家，他在莉希亞的目送下前往某處，邂逅了一位意料之外的少女。她和掌握故事重要關鍵的人物有關……？

各 **NT$260~300/HK$87~100**

轉生就是劍 1~7 待續

作者：棚架ユウ　插畫：るろお

自汪洋大海來襲的災厄！
海上的火熱激戰，開打！

經過跟獸王的討論，師父與芙蘭決定前往獸人國，於是擔任護衛坐上獸人國的直屬船。兩人在汪洋大海中遇到海盜與魔獸，與水龍艦的戰鬥也勾起了他們在錫德蘭的相似回憶。航海之旅讓他們期盼能夠與錫德蘭的朋友重逢——

各 **NT$250~280/HK$83~93**

轉生就是劍 1~7 待續

作者：棚架ユウ　插畫：るろお

自汪洋大海來襲的災厄！
海上的火熱激戰，開打！

經過跟獸王的討論，師父與芙蘭決定前往獸人國，於是擔任護衛坐上獸人國的直屬船。兩人在汪洋大海中遇到海盜與魔獸，與水龍艦的戰鬥也勾起了他們在錫德蘭的相似回憶。航海之旅讓他們期盼能夠與錫德蘭的朋友重逢──

各 NT$250~280/HK$83~93

新說 狼與辛香料

狼與羊皮紙 1~8 待續

作者：支倉凍砂　插畫：文倉 十

寇爾與繆里前往各方顯學雲集的大學城
當地竟爆發教科書戰爭！

寇爾和繆里為了繼續推行聖經的印刷大計，離開溫菲爾王國前往南方大陸的大學城雅肯尋求物資與新大陸的消息。寇爾當流浪學生時，曾在雅肯待過一陣子。如今城裡爆發了將其撕裂成兩部分的亂象，且中心人物的別名居然是「賢者之狼」——？

各 **NT$220~300/HK$70~100**

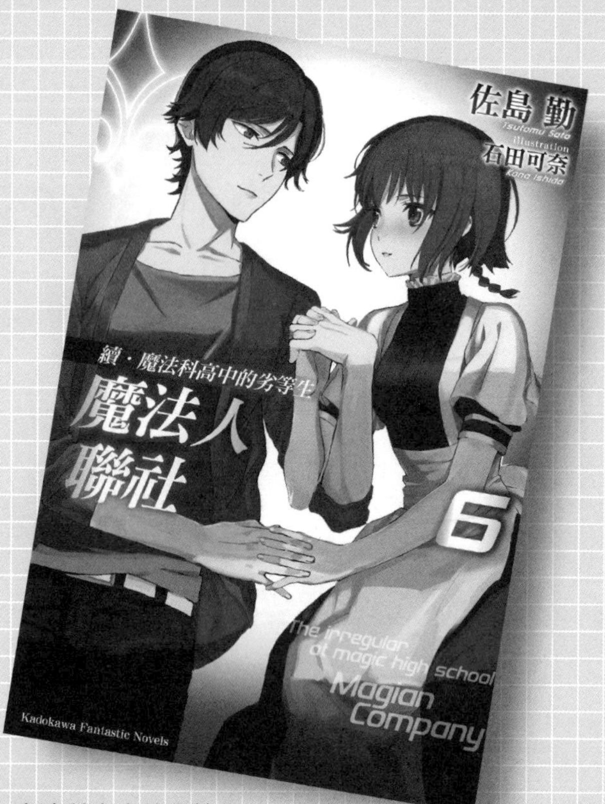

續・魔法科高中的劣等生

魔法人聯社 1~6 待續

作者：佐島 勤　插畫：石田可奈

達也等人得到香巴拉的「鑰匙」
歷經波折終於尋得香巴拉的遺物！

達也等人找到通往傳說之古代文明香巴拉的「鑰匙」，然而他們的背後出現危險的影子。鎖定遺物的視線，以及襲擊達也等人的幻覺魔法。雖然敵方身分不明，然而激烈的攻擊就是確實接近香巴拉的證據。然後達也等人終於尋得香巴拉的遺物——！

各 **NT$200~220/HK$67~73**

未踏召喚://鮮血印記 1~9 待續

作者：鎌池和馬　插畫：依河和希

**關鍵就在於兒時的恭介以及「妹妹」的真相……
系列最大的謎團將在此揭曉！**

理應已經死亡的召換師信樂真沙美出手介入，讓城山恭介與「白之女王」免於爆發一場致命性衝突。女王為了避免摧毀恭介生存的整個世界，於是踏上「了解人類之旅」。祂究竟能不能接納召喚師、憑依體、凡人以及恭介？

各 **NT$240~280/HK$75~93**

國家圖書館出版品預行編目資料

龍姬布倫希爾德/東崎惟子作；王怡山譯. -- 初版
. -- 臺北市：臺灣角川股份有限公司, 2024.01
面；　公分. -- (Kadokawa fantastic novels)
譯自：竜の姫ブリュンヒルド
ISBN 978-626-378-408-6(平裝)

861.57　　112019541

Kadokawa
Fantastic
Novels

龍姬布倫希爾德

（原著名：竜の姫ブリュンヒルド）

2024年1月8日　初版第1刷發行

作　　者：東崎惟子
插　　畫：あおあそ
譯　　者：王怡山

發 行 人：台灣角川股份有限公司
總　　監：呂慧君
總 編 輯：蔡佩芬
主　　編：林秀儒
編　　輯：彭曉凡
設計指導：陳晞叡
美術設計：宋芳茹
印　　務：李明修（主任）、張加恩（主任）、張凱棋

發 行 所：台灣角川股份有限公司
地　　址：104台北市中山區松江路223號3樓
電　　話：（02）2515-3000
傳　　真：（02）2515-0033
網　　址：www.kadokawa.com.tw
劃撥帳戶：台灣角川股份有限公司
劃撥帳號：19487412
法律顧問：有澤法律事務所
製　　版：巨茂科技印刷有限公司
ＩＳＢＮ：978-626-378-408-6